18 Grad unter null

NIKA LUBITSCH

18 GRAD UNTER NULL

Kriminalroman

BE
Belle Époque Verlag

Nika Lubitsch

Webseite: *www.nikalubitsch.de*

Facebook: *www.facebook.com/NikaLubitsch*

Lizenzausgabe des Belle Époque Verlags, Dettenhausen, mit freundlicher Genehmigung der Autorin.

Lektorat: Regine Weisbrod, *www.lektorat-weisbrod.de*

Korrektorat: Corinna Rindlisbacher, *www.ebokks.de*

Innenlayout und Schriftsatz: Hans-Jürgen Maurer

Coverdesign: Catrin Sommer, *www.rausch-gold.com*

Coverfoto: Hannah Kaiser und freepik.com @racool-studio

Druck: Custom Printing, Warszawa, Polen

ISBN: 978-3-96357-186-2

FRÜHSOMMER 2019 – STUTTGART

Man braucht eine Menge Geduld in den Arztpraxen von heute. Aber in Geduld hatte ich Übung. Mir gegenüber saß ein junger Mann mit Glatze im Wartezimmer, der mit offenem Mund Kaugummi kaute und dabei wie wild auf seinem Smartphone herumtippte. Die Frau in der Ecke schaukelte vor und zurück, als wiege sie ein Kind. Ihr rotes Sweatshirt hatte sich wie eine Wurstpelle um ihren Oberkörper gelegt, die dunklen Haare hätten eine Wäsche vertragen können. In der anderen Ecke saß ein alter Mann, beigefarbene Hosen, quergestreifter Pullover mit einem auffälligen gelben Fleck auf der Vorderseite. Er hatte wohl Ei zum Frühstück. Als er sich erhob, um sich eine Zeitschrift zu holen, verzog er schmerzvoll das Gesicht. Willkommen im Club, auch mir taten seit einigen Monaten beim Aufstehen die Gelenke weh. Ich machte es ihm nach und angelte mir eine von diesen bunten Zeitschriften, die ich früher nicht mal mit der Kneifzange angefasst hätte.

Am Anmeldetresen standen Patienten, die nur ganz schnell ein Rezept wollten, während die beiden Arzthelferinnen kaum vom Telefon wegkamen. Gelangweilt blätterte ich in der Zeitschrift. Das Privatleben sogenannter

Stars, deren Namen ich nicht mal kannte, interessierte mich überhaupt nicht. Der letzte Schauspieler, für den ich geschwärmt hatte, war Richard Gere, und auch Julia Roberts würde ich als Star bezeichnen. Oder hieß das heute Star*in?

NACH 26 JAHREN KNAST: ENDLICH FREI.

Die fettgedruckte Überschrift elektrisierte mich. Ich sah mir die Fotos genauer an. *Das darf doch wohl nicht wahr sein!* Mein Puls raste, mir brach der Schweiß aus, obwohl ich die Wechseljahre schon eine ganze Weile hinter mir hatte. Ich las die Bildunterschrift. Plötzlich drehte sich das Wartezimmer einmal um die eigene Achse, es riss mich mit sich, meine Welt stand kopf. Ich ließ die Zeitschrift fallen und klammerte mich an die Armlehnen des Stuhls.

»Hallo, ist Ihnen nicht gut?« Wie durch eine dicke Nebelwand hörte ich die Stimme einer Frau. Ich sah ihr rotes Sweatshirt, ich roch ihren Schweiß.

»Nein, nein, schon gut«, sagte ich. Nichts war gut, denn ich sah den Linoleumboden mit dem Parkettmuster direkt vor meiner Nase.

»Liegen lassen«, hörte ich jemanden rufen. Ich versuchte, mich zu erheben, was nicht ganz einfach war, hier gab es nichts, woran ich mich festhalten konnte. Und dann war er da, der Mann im weißen Kittel. »Hallo, Frau Wiegand! Ist Ihnen schlecht?«, fragte der Arzt, als er sich über mich beugte.

»Nein, bitte, helfen Sie mir doch auf, es ist nichts, wirklich.«

Der Arzt und eine der überlasteten Arzthelferinnen zogen mich hoch und wollten mich in den Laborbereich mit den abgeteilten Kabinen führen. Ich wollte da nicht hin, ich wollte hier raus, so schnell wie möglich. Aber ich brauchte diese Zeitschrift, ich musste dieses Blatt unbedingt haben. Während ich hochgehoben wurde, blickte ich auf die Zeitschrift. Das Ding sah aus, als ob es schon tausendmal gelesen worden war, das bekam ich an keinem Kiosk mehr, es war Monate alt.

»Darf ich die Zeitschrift mitnehmen?«, fragte ich.

Die Arzthelferin bückte sich und gab mir das Gewünschte. Dann führten sie mich wie eine Schwerkranke in den Laborbereich, wo ich hinter einem Vorhang auf eine schmale Liege gelegt wurde.

»Lächeln Sie mich mal an«, sagte der Arzt.

»Ich habe keinen Schlaganfall«, sagte ich.

Die Arzthelferin brachte mir ein Glas Wasser.

»Blutdruck messen, EKG«, gab Onkel Doktor seine Anweisung.

Als ich verkabelt war und sie endlich aus dem Abteil verschwunden waren, öffnete ich die Zeitschrift erneut. Mit fliegenden Fingern blätterte ich vor zu der Seite mit der Überschrift: **Nach 26 Jahren Knast: endlich frei**. Das Foto war direkt vor dem Gefängnisausgang gemacht worden. Wo hatten die dieses Foto her, wie waren die da drangekommen? Gab es wirklich Fotografen, die darauf warteten, dass jemand entlassen wird? Was war mit dem Datenschutz, den Persönlichkeitsrechten, war es nicht verboten, ein Gesicht so groß zu zeigen? Jeder würde dieses Gesicht wiedererkennen, stigmatisiert in alle Ewigkeit. *Wie schwer wiegt die besondere Schwere der Schuld*, stand als Untertitel darunter. Schwer, sehr schwer.

Ich riss mir die Elektroden vom Leib und schlüpfte in meine Klamotten. Im Flur zerrte ich meinen Mantel vom Haken, und mit der Zeitschrift in der Hand floh ich aus der Praxis. Die Arzthelferinnen waren viel zu beschäftigt, um es zu merken.

30. JULI 1983 BERLIN-STEGLITZ

Obwohl bereits sechsunddreißig Sommer ins Land gegangen sind, ist es mir, als ob es erst gestern war. Ich habe diesen Juli-Abend 1983, diese grausame Nacht, tausendmal durchlebt, sie hat mich in meinen Albträumen verfolgt oder mir den Schlaf geraubt.

Wir hatten uns zum gemeinsamen Abendessen an unserem umgebauten Billardtisch im Berliner Zimmer eingefunden. Auf der dunkelgrünen Wachstuchtischdecke standen Schüsselchen und Schälchen mit Antipasti, die wir aus unserem Urlaub am Gardasee mitgebracht hatten. Die tief hängende Lampe mit dem flaschengrünen Glasschirm aus der Küche meiner Oma spendete ein gemütliches Licht, denn durch das Fenster zum Hof drang nur wenig Helligkeit.

Es war ein heißer Sommer, wir genossen die Kühle unserer Steglitzer Altbauwohnung in der Muthesiusstraße.

Mir taten die Füße weh, denn Wölfchen, mein Lebensgefährte, und ich waren am Mittag in die Metro gefahren, um nach dem Urlaub frische Lebensmittel für die Familie zu kaufen, immerhin stand ein Wochenende bevor. Man sollte niemals mit Riemchensandalen in der Metro einkaufen.

Einen Tag zuvor waren wir aus Italien zurückgekehrt, und in unserem Kühlschrank hatte sich außer den Mitbringseln und ein paar Saucen nichts gefunden, womit man eine Familie ernähren konnte.

Mein Exmann Jürgen hatte unsere Tochter Claudia am Morgen mit dem Fahrrad abgeholt, um ihren letzten Ferientag gemeinsam im Strandbad Wannsee zu verbringen. Jürgen war Lehrer für Mathe und Chemie, er musste genau wie Claudia am Montag wieder antreten.

Für unsere zwölfjährige Tochter Claudia sollte am Montag allerdings ein neuer Lebensabschnitt beginnen: Sie wechselte aufs Gymnasium.

Jürgen hatte versprochen, auf dem Heimweg Pizza für alle zu holen, und so gestaltete sich der Abend zunächst wie ein wunderbarer Abschied von unserem Urlaub.

Ich hatte Glück mit meinen Männern, die beiden verstanden sich prächtig, und so saßen wir einträchtig bei getrockneten Tomaten, Oliven, Kapern und Pizza beisammen, tranken Rotwein und redeten alle durcheinander. Wir erzählten vom Gardasee, Jürgen von seinem Urlaub mit seiner neuen Freundin in Irland, und Claudia berichtete von ihrem Tag im Strandbad Wannsee.

»Das Wasser war total eklig«, sagte sie. »Grün, igitt, da sollte man einfach nicht reingehen!«

»Du bist verwöhnt vom Gardasee«, sagte mein Lebensgefährte, den nie jemand Wolfgang oder Wolf, sondern alle nur Wölfchen nannten.

Ich musterte meine Tochter verstohlen, sie sah hinreißend aus mit ihren hellblond ausgebleichten Haaren und der gebräunten Haut. Bald wird sie der Schwarm der Jungen in ihrer Klasse sein, dachte ich. Jürgen lächelte mich über seinem Weinglas hinweg an, er hatte mich beobachtet, wahrscheinlich ahnte er, was ich dachte.

Irgendwann kamen wir auf das Berliner Schulsystem, das, anders als in anderen Bundesländern, die Kinder erst mit der siebten Klasse aufs Gymnasium entlässt.

»Geht Loretta eigentlich auch auf die Fichtenbergschule?«, fragte Jürgen.

»Nee, die kommt nicht aufs Gymnasium«, sagte Claudia.

»Ach«, erkundigte sich Jürgen nach der besten Freundin seiner Tochter, »hat sie es nicht geschafft?«

»Leider nicht.«

»Na ja, kein Wunder bei Eltern, die ihre Tochter nach der Kneipe benennen, in der sie sich kennengelernt haben«, sagte Jürgen. Ich musste mir die Hand vor den Mund halten, sonst hätte ich vor Lachen den Rotwein über den ganzen Tisch geprustet.

»Du bist gemein, wie kommst du denn darauf?«, sagte ich, als ich wieder zu Atem kam.

»Na, ist doch klar«, sagte Jürgen, »Loretta im Garten.« Das war einer der wenigen Biergärten in West-Berlin.

»Das stimmt aber«, sagte Claudia, »das hat mir Loretta auch erzählt.«

Auf den Pizzatellern befanden sich noch ein paar Krümel, von den grünen Oliven waren noch die Steine übrig, nur die Kapernäpfel standen noch fast vollzählig auf dem Tisch.

»Ich räum mal ab«, sagte ich.

»Du bleib sitzen, mit deinen lädierten Füßen«, sagte mein Exmann.

»Will jemand Eis?«, fragte Wölfchen.

»Au ja!«, rief Claudia. Was Teenager so alles verdrücken können, ohne ein Gramm zuzunehmen!

»Noch wer?«, fragte Jürgen.

Wölfchen und ich schüttelten den Kopf.

»Ich platze gleich.« Wölfchen stapelte die Teller aufeinander und reichte sie Jürgen.

Beim Hinausgehen fragte Jürgen: »Wie immer?«

»Zwei Kugeln. Mit Kirschsauce«, rief Claudia ihm hinterher.

»Woher ich das jetzt wohl wusste«, sagte Jürgen in dem langen Flur, der zur Küche führte. Claudia war die Einzige bei uns, die diese süße Sauce über alles liebte.

Wir hatten am Nachmittag eine große Packung Vanilleeis gekauft. Als Jürgen mit dem Eisbecher in der Hand zurückkehrte, sagte er: »Ihr müsst neue Sauce für Claudi kaufen.«

Wölfchen und ich hassten diese Kirschsauce.

Kurz vor zweiundzwanzig Uhr schickten wir Claudi ins Bett.

»Soll ich noch eine Flasche Bardolino aufmachen?«, fragte Wölfchen.

»Nur zu«, meinte Jürgen, »ich bin ja mit dem Rad da.«

»Als ob es nicht gefährlich wär, besoffen Rad zu fahren«, sagte ich.

»Wer ist hier besoffen?«, fragte Jürgen.

Natürlich war er nicht betrunken, und so machten wir uns über die nächste Flasche Bardolino her.

Es war kurz vor dreiundzwanzig Uhr, als wir hörten, dass Claudis Zimmertür geöffnet wurde. Das anschließende Geräusch ließ uns sofort aufstehen und in den Flur rennen. Claudia hatte sich auf dem Weg zur Toilette mitten im Flur übergeben.

»Schätzchen«, sagte ich, lief zu meiner heulenden Tochter und hielt sie, als ein neuer Schwall Erbrochenes aus ihrem Mund kam. »Komm, raus damit, das war wohl ein Eis zu viel.«

»Tut mir leid, Mom«, sagte sie, als sie wieder Luft bekam.

»Ist doch nicht schlimm, komm mit ins Bad, wir stellen dich unter die Dusche.«

Wölfchen hatte sich ins Wohnzimmer zurückgezogen, ich wusste, er ekelte sich vor Erbrochenem. Jürgen war in die Küche gelaufen und hatte einen Eimer mit Wasser und Meister Proper gefüllt. Da Jürgen und ich früher gemeinsam in dieser Wohnung gelebt hatten, wusste er, wo die Utensilien zu finden waren.

Während ich mit Claudi im Badezimmer war, säuberte Jürgen die Fliesen im Flur. Kaum hatte ich Claudi aus ihrem Schlafanzug geholfen und sie unter die Dusche gestellt, musste sich das arme Mädchen noch mal übergeben.

»Wölfchen«, rief ich ins Wohnzimmer, nachdem ich meine Tochter mit einem neuen Schlafanzug ins Bett gesteckt hatte, »wo sind denn deine Magentropfen?«

Mein Lebenspartner litt seit Jahren unter Magenschleimhautentzündungen, die er mit Azupanthenol bekämpfte, ein beruhigendes Mittel, das mit lauwarmem Wasser aufgegossen wurde und dazu diente, den Tag mit einer Rollkur zu beginnen.

Wölfchen kam mit einem Glas Wasser ins Kinderzimmer, in dem er die blauen Tropfen aufgelöst hatte.

»Hier, Claudi, trink das, das tut dir gut.« Er reichte meiner Tochter das Glas, das Claudia mit einem großen Schluck leerte. Dabei liefen meiner Süßen die Tränen runter.

»Wein doch nicht, Liebes«, sagte ich und streichelte meine Tochter. »Das kommt davon, wenn man alles in sich hineinstopft. Sag ehrlich, wie viele Eis gab es denn heute?«

»Drei«, gestand mein Kind.

Ich überlegte, ob sie sich im Wannseewasser womöglich einen Virus eingefangen hatte. Aber ihre Stirn war nicht heiß. Ich dachte, dass das Kind jetzt bestimmt würde schlafen können, ihr Magen musste nun leer sein.

Jürgen brachte noch eine Tasse dampfenden Kamillentee. »Hier, mein Schatz, wenn du heute Nacht Durst bekommst«, sagte er und gab ihr einen Gute-Nacht-Kuss.

Ich ließ Claudis Nachttischlampe brennen und die Tür zum Flur geöffnet, nachdem sie selbst sagte, dass sie nur noch schlafen wolle.

»Ich brauche jetzt einen Schnaps«, sagte Wölfchen und

holte die Grappaflasche aus dem abgebeizten Küchenschrank. »Ihr auch?«

Jürgen nickte, ich wollte keinen Alkohol mehr trinken. Falls mein Kind mich noch brauchen sollte, wollte ich wenigstens halbwegs nüchtern bleiben.

Irgendwie war die Stimmung hin. Wir unterhielten uns leise, während ich immer öfter auffällig ein Gähnen unterdrückte, was die beiden Männer nicht nur ignorierten, sondern offensichtlich als Aufforderung betrachteten, sich ein weiteres Glas Grappa zu genehmigen. Mit einem Ohr lauschte ich auf die Geräusche aus Claudias Zimmer. Meine Tochter schien inzwischen eingeschlafen zu sein. *Sehr gut*, dachte ich, *die Tropfen scheinen zu wirken*. Was sich eine halbe Stunde später als Trugschluss erwies.

»Eine rauche ich noch«, sagte Jürgen. Erfahrungsgemäß zog das bei ihm weitere vier oder fünf Zigaretten nach sich. Wölfchen und Jürgen waren inzwischen bei der einzig wahren Herstellung von Salami angelangt, wobei sie sich nicht einig darin waren, ob die einzig wahre Salami nun italienischer oder französischer Natur sei.

»Ungarisch«, schlug ich vor, obwohl mich die einzig wahre Salami ganz und gar nicht interessierte. In dem Moment hörte ich, wie Claudi nach mir rief.

Ich war nicht so schnell im Schlafzimmer, wie Claudia sich erneut übergab.

»Hast du Bauchschmerzen?«, fragte ich meine inzwischen elendig wimmernde Tochter. Statt einer Antwort erbrach sie sich erneut.

»Ich muss ganz schnell aufs Klo«, weinte sie und würgte wieder.

»Schätzchen, das sieht mir aber ganz nach einem Virus aus«, sagte ich, nahm Claudia unter meinen Arm und schleifte sie ins Bad. Gerade noch rechtzeitig, das Kind hatte heftigen Durchfall.

»Helft mir doch mal«, rief ich durch die geöffnete Tür. Jürgen war sofort bei mir. »Geht es Claudi noch nicht besser?«, fragte er entsetzt.

»Durchfall. Kannst du Claudis Bett neu beziehen?«, bat ich ihn.

»Klar. Habt ihr kein Mittel gegen Durchfall, Kohlekompretten oder sowas?«

»Wölfchen!«, rief ich durch die geöffnete Klotür. Für die Medikamente war er zuständig.

»Im Medikamentenschrank«, tönte es von draußen.

»Die habe ich noch nicht ausgepackt«, fiel mir dabei ein. »Die sind noch in meinem Kulturbeutel«, rief ich.

Wölfchen lief ins Schlafzimmer und holte die Kohletabletten, die in einem Italienurlaub unverzichtbar waren, aus dem noch nicht ausgepackten Koffer und eine neue Flasche Azupanthenol. Ich gab meiner Tochter eine Kohletablette, und Wölfchen löste erneut zwanzig Tropfen Azupanthenol in lauwarmem Wasser auf, was ich meiner Kleinen einflößte. »Puh, du scheinst einen heftigen Magen-Darm-Infekt zu haben«, sagte ich und streichelte meiner Kleinen die schweißnassen Haare. Als Jürgen Vollzug meldete, schleppten wir gemeinsam das Kind, das schon ganz wackelig auf den Beinen war, ins frisch bezogene Bett.

»Ich bleibe heute Nacht bei dir«, entschied Jürgen.

»Danke, Papi.« Es war nur mehr ein Flüstern von Claudi zu hören, die Magensäure schien ihre Stimme angegriffen zu haben.

»Ich bringe dir das Gästebett ins Kinderzimmer«, sagte Wölfchen. Und wieder einmal war ich glücklich darüber, so einen toleranten Mann gefunden zu haben. Die Männer meiner Freundinnen bekamen schon Wutanfälle, wenn nur der Name des Exmanns erwähnt wurde.

Es war inzwischen Mitternacht vorbei. Ich stellte Claudia einen mit Wasser gefüllten Eimer neben das Bett und war dankbar, dass Jürgen sich freiwillig für die Nachtwache gemeldet hatte. Was sich bald darauf auch als absolut sinnvoll erwies, denn unsere Tochter musste sich alle Viertelstunde übergeben. Gegen zwei Uhr schien sich Claudias Magen beruhigt zu haben, das Kind schlief erschöpft ein.

Auch Wölfchen und ich waren ins Bett gegangen, aber ich konnte nicht schlafen. Ich war unruhig. So einen Magen-Darm-Infekt hatte ich noch nie erlebt. Gegen Morgen fiel ich dann doch in einen unruhigen Schlaf, aus dem ich durch ein dumpfes Geräusch geweckt wurde. Wie der Blitz sprang ich aus dem Bett und rannte in den Flur, wo ich auf Jürgen traf. Claudia war bewusstlos im Bad zusammengebrochen.

»Ruf die Feuerwehr!«, schrie ich, total in Panik.

Während ich versuchte, mein Kind wieder zu Bewusstsein zu bekommen, hörte ich, wie Jürgen die 112 anrief.

Wir schleiften Claudia ins Bett, sie fühlte sich an wie eine Schlenkerpuppe.

Die Feuerwehr ließ nicht lange auf sich warten. Die zwei Männer in den knallroten Uniformen verbreiteten eine professionelle Ruhe. Nachdem sie bei Claudia, die inzwischen wieder zu sich gekommen war, den Blutdruck und den Sauerstoffgehalt des Blutes geprüft hatten, fragten sie uns, was Claudia gegessen habe.

Da der Puls von ihr so schwach war, entschieden sie, sofort den Notarzt zu rufen, da sie selbst kein EKG schreiben durften. Es dauerte nur knapp fünf Minuten, dann war auch der Notarzt da. Auch er ließ sich schildern, was Claudia in den letzten vierundzwanzig Stunden gegessen hatte. Alles, was ich sagte, unterstützt von Jürgen, wurde von dem Arzt protokolliert.

Nachdem er ein EKG gemacht hatte, verabreichte er Claudia Elektrolyte und entschied, dass die Feuerwehr das Mädchen mit ins Krankenhaus nehmen sollte.

»Wohin?«, fragte ich.

»Klinikum Steglitz«, sagte einer der beiden Sanitäter. »Dort ist auch die Berliner Giftzentrale.«

»Kann ich mitkommen?«, fragte ich.

»Natürlich«, sagte der Sanitäter.

»Ich auch?«, fragte Jürgen.

»Einer«, sagte der Sanitäter.

Der Notarzt rief im Klinikum an und bereitete die Notaufnahme auf die Einlieferung von Claudia vor.

»Nimm meinen Wagen«, sagte ich zu Jürgen, weil mir

einfiel, dass er mit dem Fahrrad gekommen war. »Pack aber eine Tasche für Claudi und bring sie mit«, bat ich ihn.

Während die Sanitäter das leichenblasse Mädchen auf eine Trage schnallten, durchwühlte ich meine Handtasche, ob ich alles dabei hatte, was sie zur Aufnahme im Krankenhaus brauchte. Es kostete mich ungeheure Überwindung, meine Panik nicht zu zeigen. Als ich meiner Tochter die Wange streicheln wollte, merkte ich, dass sie wieder bewusstlos geworden war.

Die Sanitäter trugen die Trage mit meiner Tochter die steile Treppe hinunter, weil sie nicht in das schmiedeeiserne Ungetüm von Fahrstuhl passte. Frau Diefenbach von nebenan öffnete ihre Tür einen Spalt. »Ist was passiert?«, fragte sie ängstlich.

»Claudi hat wohl was Falsches gegessen«, sagte Wölfchen, der sich inzwischen ebenfalls angezogen hatte und in der Tür den Abtransport seiner »Beutetochter«, wie er Claudi nannte, überwachte.

»Oh mein Gott«, sagte die Diefenbach, »gute Besserung«, und schloss die Tür.

Die Minuten, bis Claudia endlich in dem Wagen verladen worden war, schienen sich wie Stunden zu dehnen. Ich fühlte die Blicke meiner Nachbarn im Rücken, sah die Gardinen sich bewegen. Es war ein Samstag, der Tag, an dem eigentlich alle ausschlafen wollten.

Als wir endlich mit Blaulicht vor dem Klinikum vorfuhren, war Claudia immer noch bewusstlos. Noch während ich die Formalitäten in der Notaufnahme erledigte, wurde

Claudia untersucht. Als ich aus der Anmeldung kam, wurde sie gerade zum Röntgen gebracht.

»Wir müssen feststellen, ob sie sich nicht an einem Fremdkörper verschluckt hat«, sagte der Arzt. Ich rannte hinter dem Bettenschieber hinterher, nicht eine Sekunde länger wollte ich mein Kind aus den Augen lassen. Vom Röntgen wurde Claudia gar nicht mehr in die Notaufnahme zurückgeschoben. Ich konnte dem Bettenschieber kaum folgen, er rannte mit meiner Kleinen die langen Gänge entlang. Dann sah ich, wohin er sie schob: Intensivstation.

»Hier können Sie nicht rein.« Eine Krankenschwester versperrte mir den Weg.

»Aber ich bin ihre Mutter!«, schrie ich.

Ein junger Arzt kam mit wehendem Kittel und ernstem Gesicht den langen, grauen Flur entlang gerannt. *Was ist hier los, kann mich mal jemand informieren. Bitte!*

»Der Arzt kommt gleich zu Ihnen«, sagte die Krankenschwester, »warten Sie bitte im Vorraum.«

Ich wollte zu meiner Tochter, aber ich durfte nicht. Der junge Arzt verschwand in der Intensivstation, ich fühlte mich wie Falschgeld in diesem Vorraum, hier hingen dicke Schürzen, die man sich wohl umziehen musste, wenn man das Allerheiligste betreten durfte. Ich wollte mich nicht setzen, ich konnte mich nicht setzen, ich wollte einfach nur zu meiner Tochter. Sofort!

Nach einer halben Ewigkeit kam der junge Arzt zu mir.

»Ich bin Dr. Richter von der Giftzentrale«, stellte er sich

vor. »Wir haben auf den Röntgenbildern einen Schatten auf dem Magen ihrer Tochter entdeckt«, informierte er mich.

»Einen Schatten? Was hat das zu bedeuten?«

»Wir vermuten eine Vergiftung.«

»Eine Vergiftung? Woran soll sie sich denn vergiftet haben, wir haben doch alle das Gleiche gegessen!«

»Das will ich ja gerade von Ihnen wissen, bitte beruhigen Sie sich erst einmal«, sagte Dr. Ritter.

Ich leierte erneut herunter, was wir bereits mehrmals gesagt hatten.

»Leben Sie in einem alten oder neuen Haus?«, fragte er dann.

»Wieso wollen Sie das wissen?«

»Bitte, wir haben wenig Zeit, beantworten Sie einfach meine Fragen. Wir suchen die Ursache, woran Ihre Tochter sich vergiftet haben könnte. Ich möchte wissen, ob Sie vielleicht noch alte Bleirohre haben?«

»Wir leben in einem alten Haus, natürlich gibt es da alte Rohre, aber meine Tochter leckt doch nicht an den Rohren.« Ich fürchte, ich schrie.

»Sie waren gerade im Urlaub? Wo waren Sie?«

»Italien! Neues Apartmenthaus! Was tun Sie da drinnen mit meiner Tochter?«, fragte ich ihn.

»Alles, was nötig ist«, sagte er. Und wieder war ich allein. Mit meiner Angst, nein, mit meiner Panik. Ich war froh, als Jürgen endlich angeschnauft kam.

»Herrgott, ich bin quer durchs ganze Klinikum geirrt,

ehe ich mal jemanden gefunden habe, der mir sagen konnte, wo ihr seid. Wie geht es Claudi?«

Er hörte sich genauso verzweifelt an, wie ich mich fühlte. Mehr als die Schulter zucken konnte ich nicht.

Ich sah auf die Uhr. Es war inzwischen kurz vor elf Uhr morgens.

Um elf Uhr achtunddreißig trat ein leichenblasser Mann in einem Arztkittel durch die Tür.

»Wir konnten sie nicht retten«, sagte er zu mir. »Es tut uns sehr leid.«

Was die nächsten Minuten betrifft, da habe ich einen Blackout. Bin ich zusammengesackt, habe ich geschrien, habe ich geheult? Ich weiß es bis heute nicht. Genauso wenig kann ich mich erinnern, was Jürgen gesagt oder getan hat. Raum und Zeit hatten sich aufgelöst.

Irgendwann stand Wölfchen vor mir. Er nahm mich in den Arm und sagte: »Komm, Liebes, ich bringe dich nach Hause.« Daran entsinne ich mich. Wo kam er her? Wieso kam er jetzt erst? Habe ich ihn das gefragt? Wahrscheinlich habe ich es ihn gefragt. Denn er sagte: »Ich habe erst mal gründlich sauber gemacht. Die Maschinen laufen lassen und den Müll heruntergetragen. Ich konnte doch nicht ahnen …«

Nein, niemand von uns hatte es geahnt.

SONNTAG, 1. AUGUST 1983

Ich glaube, sie haben mir ein Beruhigungsmittel gegeben. Ganz sicher müssen sie mir ein Beruhigungsmittel gegeben haben. Denn so genau, wie ich mich an unseren letzten gemeinsamen Abend erinnere, so wenig entsinne ich mich daran, was ich die ersten achtundvierzig Stunden nach Claudis Tod tat. Wobei ich Jahre brauchte, es so auszudrücken: Claudis Tod. Es war, als ob der Tod meiner Tochter erst Wirklichkeit wäre, wenn ich ihn aussprechen würde.

Mein Lebensgefährte Wölfchen hatte mich nach Hause gebracht und ins Bett gesteckt. Ich dachte nichts, ich fühlte nichts, ich sprach nicht, ich aß nicht, ich wollte kein Licht. Stumm lag ich in meinem Bett und starrte die Decke an. Wölfchen brachte mir Kaffee ans Bett und räumte ihn ab, als er kalt geworden war. Er kochte mir Tee und holte Stunden später die volle Tasse wieder ab.

»Schatz, du musst was trinken!«

»Lass mich«, sagte ich.

Später erzählte Wölfchen mir, dass er durch die Wohnung geschlichen sei, als ob ich im Sterben gelegen hätte. Vielleicht war das gar nicht so falsch. Ich fühlte mich erloschen.

War es Tag oder Nacht, Morgen, Mittag oder Abend, ich wusste es nicht. Irgendwann stand die Kripo vor der Tür. »Sie wollen uns ein paar Fragen stellen«, sagte Wölfchen. Ich sagte gar nichts. Drehte mich einfach auf die andere Seite und zog mir die Decke über den Kopf.

Wölfchen hat mit ihnen geredet. Hat ihre Fragen beantwortet, so gut er konnte. Hat ihnen die Adresse von Jürgen gegeben. »Sie wollen auch mit dir reden«, sagte er von der Schlafzimmertür aus.

Als ich nicht antwortete, kam er zu mir ans Bett. »Schatz, sie müssen ungeklärte Todesfälle untersuchen. Du willst doch auch wissen, woran Claudi gestorben ist.«

Da war es. Das Unwort. Gestorben.

Ich schüttelte den Kopf.

Wölfchen muss gefühlt haben, dass ich das Wort nicht hören wollte. Was ich nicht hörte, sah oder roch, war nicht passiert.

»Willst du nicht wissen, was mit Claudi geschehen ist?«, fragte er.

»Wozu. Ich weiß, was mit ihr geschehen ist.«

Die beiden Kripobeamten baten darum, eine Liste all dessen zu bekommen, was Claudia in den vierundzwanzig Stunden vor ihrem Tod verzehrt hatte. Wölfchen verwies auf Jürgen, Claudias Vater, mit dem sie ihren letzten Ferientag verbracht hatte, bevor die beiden mit uns gemeinsam zu Abend gegessen hatten.

Wölfchen konnte unseren Teil des Tages dazu beitragen, ich hörte ihn durch die geschlossene Schlafzimmertür.

Die Polizisten nahmen das Kapern- und das Olivenglas mit, die wir in Limone gekauft hatten, die getrockneten Tomaten, die wir aus Riva mitgebracht hatten, das Eis aus der Metro. Ist das alles?, haben sie Wölfchen gefragt und die Lebensmittel eingepackt.

»Es fehlt noch die Pizza. Die Packungen habe ich Sonnabend früh weggeworfen.«

Die Polizistinnen haben sich den Namen der Pizzeria geben lassen, in der Jürgen die Pizzen geholt hatte.

»Sie sollten den Vater des Kindes befragen, der war mit Claudi den ganzen Tag unterwegs, er hat auch die Pizzen mitgebracht.«

Und sie fragten Wölfchen, wohin er die Packungen entsorgt hatte.

»Na, in den Müll. Gestern früh, nachdem Claudi abtransportiert worden war, habe ich gründlich sauber gemacht und den Müll runtergebracht, bevor ich ins Krankenhaus gefahren bin.«

»Wo sind die Müllkästen?«, fragte ihn die Polizistin.

»Im Hof. Aber die sind gestern früh geleert worden, die BSR kommt immer am Sonnabend zu uns.«

DIE OBDUKTION

Die nächsten Tage habe ich mit Diazepam verdöst, das mir unser Hausarzt verschrieben hat. Er hatte mich krankgeschrieben, ich sah mich nicht in der Lage, meinem Job als Redakteurin bei dem Nachrichtendienst dpa nachzugehen. Es dämpfte den Schmerz, den ich wahrnahm, wie eine Krankheit, wie etwas, was gar nicht zu mir und meinem Leben gehörte.

Wölfchen schlich auf Zehenspitzen durch die Wohnung, ich lag im abgedunkelten Schlafzimmer und starrte die Deckenlampe an. Seit Montag war er wieder in seinem Job als Vertriebsleiter bei Flohr-Otis, einem Aufzug-Unternehmen. Wir lebten in zwei verschiedenen Welten, in meiner gab es nur noch mich und diese Leere in mir, kein Mensch war groß genug, um diese Leere auszufüllen.

Am Donnerstagvormittag kamen andere Polizisten. Diesmal in Zivil. Ich hatte erst nicht auf das Klingeln reagiert, die Welt draußen interessierte mich nicht mehr. Aber die Beamten gaben keine Ruhe, sie bummerten an die Tür: »Aufmachen, Polizei!« Ich zog mir also einen Morgenrock über. Seit dem Morgen, als Jürgen Claudi zum Wannseebad abgeholt hat, hatte ich nicht mehr geduscht. Wozu auch.

Ich schlurfte zur Tür und öffnete sie einen Spalt. »Ja bitte?«

»Dürfen wir reinkommen, wir haben einige Fragen an Sie«, sagte einer der Beamten – durchaus höflich. Ich ließ sie eintreten.

Sie stellten sich als Hauptkommissar Ohlsen und Kommissar Klever vor und zeigten mir ihre Ausweise. »Frau Wiegand, unser allerherzlichstes Beileid.«

Fast hätte ich gefragt: Wofür. Ich ging voran und bat die beiden Männer, im Wohnzimmer Platz zu nehmen. Unterbewusst registrierte ich, dass das Zimmer peinlich sauber und aufgeräumt war, Wölfchen hatte sich hier ausgetobt.

»Wir haben wie gesagt noch einige Fragen«, sagte Hauptkommissar Ohlsen. Er war der ältere der beiden, hatte schütteres, hellblondes Haar, das er glatt nach hinten gekämmt hatte, und ein etwas zu rotes Gesicht, wahrscheinlich Bluthochdruck. Ich kauerte mich in eine Ecke des Sofas und zog den Morgenmantel schützend um mich.

»Ja? Wieso?«

»Frau Wiegand, wir sind gesetzlich verpflichtet, jedem ungeklärten Todesfall nachzugehen.«

Ich nickte. »Klar.«

»Können Sie sich vorstellen, woran sich Ihre Tochter vergiftet hat?«, fragte Kommissar Klever. Seine dunkelbraunen Haare waren modisch geschnitten, vorne kurz, hinten länger, und er trug einen dunklen Schnauzbart. Diese Details nahm ich allerdings nicht bei dieser ersten

Begegnung wahr, damals sah ich die beiden Männer wie durch eine Nebelwand.

»Ich weiß es nicht«, sagte ich.

»Wir müssen die letzten Tage mit Ihnen durchgehen«, sagte der Schnauzbart. »Bitte erinnern Sie sich auch an Kleinigkeiten, die Ihnen vielleicht im ersten Moment gar nicht wichtig erschienen.«

»Wozu?«

»Sie wollen doch sicher wissen, woran Ihre Tochter gestorben ist.«

Ich schaute aus dem Fenster. Man sieht nicht viel von draußen, nur die schmucklose Häuserfront auf der anderen Seite der Straße und die Wipfel der Bäume. Ich schüttelte den Kopf, versuchte, meine Benommenheit abzustreifen. Was hatte der Mann doch gleich gesagt?

»Was?«

»Frau Wiegand, fangen wir doch mit dem Morgen des Freitags an.«

»Was haben Sie eben gesagt?«, fragte ich erneut.

Die Kommissare wechselten einen Blick. »Sie wollen doch sicher wissen, woran Ihre Tochter gestorben ist.«

»Nein«, habe ich gesagt. »Nein, nein, nein.«

»Sie wollen also nicht wissen, was Ihre Tochter getötet hat?«, setzte Klever nach.

»Das macht sie auch nicht wieder gesund«, flüsterte ich.

»Nein, aber wir müssen …«

»Hören Sie auf, ich will das nicht, lassen Sie mich in Ruhe, lassen Sie mich einfach in Ruhe.« Irgendetwas in mir wusste, dass ich mich benahm wie eine Irre, aber ich wollte nicht mit diesen Menschen reden, ich wollte diese beiden Männer nicht in meiner Wohnung haben, nicht in meinem Leben.

»Bitte verlassen Sie meine Wohnung«, sagte ich.

»Frau Wiegand, ganz ruhig bitte«, sagte Ohlsen. »Wir verstehen ja, dass es Ihnen nicht gut geht, aber …«

»Sie verstehen gar nichts, bitte gehen Sie!«

»Frau Wiegand, wir sind nicht Ihr Feind«, versuchte Ohlsen nachzulegen.

Ich stand auf. »Bitte!«

Ohlsen war ebenfalls aufgestanden. »Frau Wiegand, in dem Fall müssen wir Sie bitten mitzukommen.«

»Mitkommen? Wollen Sie mich verhaften, oder was?«

»Nein, nicht verhaften, aber befragen.«

»Ich will aber nicht.«

»Dann müssen wir Sie leider vorladen lassen.«

»Kommen Sie wieder, wenn Wölfchen da ist. Mein Lebensgefährte Wolfgang Martens.«

»Wir möchten Sie allein befragen, Herrn Martens werden wir ebenfalls einladen.«

Ich ließ mich wieder ins Sofa sinken und stützte den Kopf in beide Hände. »Warum lassen Sie uns nicht in Ruhe, sehen Sie nicht, dass ich nicht mehr kann.«

»Es ist unsere Pflicht, ungeklärten Todesfällen nachzugehen. Seien Sie doch ein wenig kooperativ, je schneller Sie unsere Fragen beantworten, desto eher sind Sie uns los«, sagte Klever.

Ich schaute ihn an. Zu einer anderen Zeit in einer anderen Welt hätte ich ihn sogar attraktiv gefunden. »Ich kann nicht. Es wurde bereits alles gesagt, Wölfchen hat das doch alles schon erzählt, und die Polizistinnen, die hier waren, haben alles mitgenommen, was wir an Nahrungsmitteln im Haus hatten.«

»Wir würden gern Ihre Version hören«, sagte Ohlsen.

Glaubte der etwa, dass Wölfchen log?

»Meine Version?« Ich schüttelte den Kopf. Was lief hier eigentlich? »Ich bitte Sie, jetzt zu gehen, ich kann nicht mehr.«

»Wie gesagt, dann müssen wir Sie vorladen lassen«, sagte Ohlsen.

»Tun Sie, was Sie nicht lassen können.« Es war mir egal. Mir war alles egal. Ich stand auf und merkte, dass ich schwankte. Zu viele Beruhigungstabletten.

Die beiden Männer standen ebenfalls auf. »Frau Wiegand …«

»Bitte, jetzt nicht. Bitte, lassen Sie mich jetzt allein.«

Als ich die Männer zur Wohnungstür begleitete, musste ich mich an der Kommode festhalten, so schwindelig war mir.

Ich sperrte hinter ihnen die Tür zu und wankte wieder zurück ins Bett.

»Puh«, sagte Wölfchen am Abend statt einer Begrüßung, als er ins Schlafzimmer kam. »Hier muss mal gelüftet werden.« Trotz meines leisen Protests riss er die Fenster auf. »Ich habe Currywurst mitgebracht.«

»Ich will nix«, sagte ich.

»Du musst was essen.«

»Ich muss gar nichts.«

Wölfchen setzte sich auf seine Seite des Bettes. »Schatz, wem nützt es, wenn du hier vor dich hinvegetierst?«

Ich schaute ihn nur an.

»Ich weiß, dass es dein gutes Recht ist zu trauern. Aber bitte, lass dir helfen. Du musst trinken und essen, zumindest das musst du.«

»Ich will nicht.«

»Komm, wenigstens eine klitzekleine Currywurst.«

»Hast du die auch vergiftet?« Ich weiß bis heute nicht, warum ich ihn das gefragt habe. Der Satz stieg aus meinem nebligen Gehirn direkt auf meine Zunge.

Wölfchen schaute mich entsetzt an. »Sag mal …« Er stand auf und wollte das Schlafzimmer verlassen.

»Die Polizei war heute hier«, sagte ich.

»Was hast du ihnen gesagt?«, fragte Wölfchen.

»Nichts.«

»Und was haben die gesagt?«

»Dass sie auch mit dir sprechen wollen.«

»Das haben die doch bereits getan«, sagte Wölfchen.

»Das sind andere. Zwei Männer. Kriminalpolizei.«

»Kein Problem, ich habe nichts zu verbergen.«

In dem Moment klingelte es.

Bevor Wölfchen öffnete, schloss er die Schlafzimmertür. Durch die geschlossene Tür erkannte ich ihre Stimmen im Flur: Ohlsen und Klever.

Wölfchen ging mit den beiden in unser Berliner Zimmer. Vielleicht wollten sie die letzten gesunden Stunden von Claudi nachstellen. Ich stand auf und schloss das Fenster. Da sah ich, dass unten der 2CV von Jürgen langsam vorbeifuhr, offensichtlich auf der Suche nach einem Parkplatz. Der Citroën war ein Sondermodell in modischem Orange, das er vergangenes Jahr in Italien gekauft hatte, davon gab es nicht allzu viele in Berlin.

Ich schlüpfte in eine Jeans und zog mir ein T-Shirt über den Kopf. Leise öffnete ich die Schlafzimmertür, aus dem Berliner Zimmer hörte ich Wölfchens Stimme. Ich griff meine Handtasche und verließ die Wohnung. Auf halber Treppe traf ich Jürgen. »Die Polizei ist oben, komm, lass uns gehen«, sagte ich.

Jürgen sagte nichts. Er legte nur den Arm um mich, und wir stiegen zusammen die zwei Stockwerke hinab. Erst draußen fragte er mich: »Wieso läufst du weg?«

»Ich kann noch nicht mit denen reden.«

»Na, dann komm, fahren wir zu mir«, sagte er. Kein Warum oder Weshalb, kein Erklärungsbedarf. Wir waren nur vier Jahre verheiratet gewesen, schade, dass das damals nicht auch so wortlos geklappt hatte zwischen uns.

Jürgen hatte seine Ente in der Rothenburgstraße geparkt. Er schloss die Beifahrertür auf und half mir ins Auto. Wortlos fuhren wir den kurzen Weg zu ihm. Nach unserer Trennung hatte Jürgen sich eine große Wohnung in der Rückertstraße gesucht, damit Claudia bei ihm übernachten und sie die Wohnung auch zu Fuß erreichen konnte.

Obwohl unsere Scheidung bereits acht Jahre zurücklag, hatte Jürgen bisher nicht mehr geheiratet. Er hat zwar mehrere Freundinnen gehabt, aber für eine feste Lebensabschnittsgefährtin hat er sich bisher noch nicht entscheiden können. Von den vielen Freundinnen habe ich nur zwei kennengelernt, von den anderen Frauen hatte ich nur von Claudia erfahren, die die »Tussis« alle »blöd« fand. Die zwei, die ich kennenlernen durfte, rangierten bei unserer Tochter unter »geht so«. Beide Frauen, die in Claudias Augen Gnade gefunden hatten, waren älter als Jürgen gewesen, während die »blöden Tussis« nur unwesentlich älter als unsere Tochter gewesen waren.

Ich musterte meinen Exmann von der Seite. Jürgen sah elend aus. Aus seinen halblangen, braunen Haaren schien jeder Glanz verschwunden zu sein, und selbst mit seiner Urlaubsbräune wirkte seine Haut fahl.

»Gehst du wieder arbeiten?«, fragte ich ihn.

Er nickte. »Es lenkt mich ab.«

Jeder hat seine eigene Art zu trauern.

In seiner Wohnung strebte ich sofort Claudias Zimmer an, das wir gemeinsam für sie eingerichtet hatten.

»Nicht, Babs, komm, lass uns ins Wohnzimmer gehen«, sagte er.

»Ich will aber …«

Der Duft, der aus diesem Zimmer kam, nahm mir fast den Atem. Es roch so wunderbar nach meiner Tochter, süß und unschuldig, ich würde ihren Duft überall auf der Welt erschnuppern können.

Da Wölfchen Claudias Zimmer mit Chlorreiniger gesäubert hatte, hatte er nicht nur dem Gestank nach Erbrochenem den Garaus gemacht, sondern auch ihren ganz eigenen Claudia-Geruch getilgt. Ich hatte das Zimmer nicht mehr betreten, seit wir aus dem Krankenhaus nach Hause gekommen waren. Aber hier, in der Wohnung ihres Vaters, war sie noch lebendig. Der Duft meiner Tochter fiel mich an wie ein Hund, der sein Herrchen nach Wochen wiedersieht.

Wortlos ging ich zu ihrem Bett und setzte mich auf die rosa-grau-blaue Patchworkdecke, die ihre Großtante für sie genäht hatte. Wie sich ein Kinderzimmer im Laufe der Jahre verändert. Als wir es eingerichtet hatten, gab es noch keinen Schreibtisch, auf dem Bett saßen Claudias Puppen und Bärchen. Die Puppen und Bärchen waren ebenso verschwunden wie die Poster mit Mogli oder den Aristocats, dafür waren die Wände jetzt dekoriert mit Bravo-Postern, Nena und Duran Duran schienen in der Gunst meiner Tochter ganz weit oben zu stehen. Und Boy George, der von der Tür mit geschminkten Augen aus auf das Bett blickte. Da, wo einst die große Kiste mit den Spielsachen gestanden hatte, gab es jetzt einen weißen Schleiflack-Schülerschreibtisch mit einem Schreibtischstuhl, ein kleines Bücherregal trennte den Schreibtisch vom Bett. Meine Tochter hatte die Lesewut von ihrer Mutter geerbt: »Ronja Räubertochter«, »Die unendliche Geschichte«, »Der kleine Prinz«, »Die Schatzinsel«.

Ich nahm Mark Twains »Die Abenteuer des Huckleberry Finn« heraus. Natürlich hatte ich ihr die Bücher geschenkt, Jürgen war ein Zahlenmensch, er interessierte sich nicht fürs Lesen und schon gar nicht für Weltliteratur. Das Buch sah aus, als ob sie es mehrmals gelesen hätte. Als ich es öffnete, rieselten Schokoladenkrümel heraus. Ich legte mich mit Mark Twain auf ihr Bett und schloss die Augen.

Jürgen hatte die Tür hinter mir zugemacht, ich war allein mit meiner Tochter.

Als ich die Augen wieder öffnete, war es draußen bereits dunkel. Ich war auf Claudis Bett in einen tiefen, tröstlichen Schlaf gefallen, aus dem ich nicht erwachen wollte. Es war ein Gefühl gewesen, als hätte ich meine Tochter im Arm gehalten, aber es waren nur die beiden Lausbuben Tom Sawyer und Huckleberry Finn, die ich im Arm hielt. Enttäuscht, die brutale Wirklichkeit zu erkennen, erhob ich mich. Draußen hörte ich leises Stimmengemurmel. Hatte Jürgen Besuch? Ich öffnete Claudias Zimmertür einen Spalt, das wechselnde Licht sagte mir, dass Jürgen im Wohnzimmer Fernsehen schaute.

Ich tappte zu ihm. Er saß, nein, er hing auf der Couch, der Fernseher lief zwar, aber mein Exmann war eingeschlafen. Eine Flasche Whiskey stand auf dem Tisch, das ganze Zimmer roch nach Alkohol.

Ich stellte den Fernseher ab, bettete Jürgens Kopf auf ein Kissen und legte eine Decke über ihn. Jürgen bekam davon nichts mit, besser er schlief mit Johnny Walker als gar nicht. Ich ging in sein Schlafzimmer, holte den Wecker und stellte ihn neben ihn. Jürgen musste am nächsten Tag pünktlich seinen Unterricht beginnen. Leise zog ich die Wohnungstür hinter mir zu.

Ich lief die Rückertstraße hoch zur Paulsenstraße, bog in die Grunewaldstraße ein. Diesen Weg war meine Tochter so oft gegangen, acht Jahre lang, Woche für Woche, sie freute sich auf ihren Vater, den sie neumodisch Dad nannte. Das China-Restaurant *Hee Lam Mun*, wo wir oft gemeinsam gegessen hatten, war bereits geschlossen. Mir war, als könne ich ihren Schritt hören, sie hatte eine eigenwillige Art zu laufen, sie wippte dabei ein wenig.

Als Jürgen und ich unserer vierjährigen Tochter ganz vorsichtig beibrachten, dass Mama und Papa in Zukunft nicht mehr in einer Wohnung zusammenleben würden, war für Claudi ihre kleine Welt zusammengebrochen. Wir hatten ihr versprochen, dass sie selbst entscheiden konnte, wo und wann sie bei wem wohnen wollte, dass sie jetzt zwei Zuhause habe. Es hatte uns beiden damals fast das Herz gebrochen zu sehen, wie unsere Kleine unter unserer Trennung litt. Aber ein gemeinsames Kind ist nun mal nicht genug für eine Ehe. Es hatte gedauert, bis Claudi unsere räumliche Trennung akzeptiert hatte. Wir waren zu dritt auf Wohnungssuche gegangen, so klein das Mädchen damals war, ihr Urteil hatte Gewicht.

Auf der Uhr von der Apotheke an der Ecke Rothenburgstraße sah ich durch meinen Tränenschleier, dass es kurz nach Mitternacht war. Der Ausflug zu Jürgen hatte mir gutgetan, ich hatte keine weiteren Beruhigungstabletten schlucken können und meinen benebelten Kopf ein wenig ausgeschlafen. Der Rotz rann mir aus der Nase, ich hatte kein Taschentuch dabei. Als ich endlich vor unserer Wohnungstür stand, sah ich, dass drinnen kein Licht mehr brannte. War Wölfchen weggegangen oder bereits zu Bett? Leise zog ich die Tür hinter mir zu und zog meine Schuhe aus. Wohl nicht leise genug, denn aus dem Schlafzimmer hörte ich Wölfchen rufen: »Babs?«

Ich ging ins Schlafzimmer. »Tut mir leid, wenn ich dich geweckt habe.«

»Jürgen hat angerufen und mir gesagt, dass du beim ihm schläfst«, sagte Wölfchen.

»Gut.« Keine Entschuldigung, dass ich mich ohne ein Wort davongeschlichen hatte.

»Wie geht es dir?«, fragte Wölfchen. »Soll ich dir was zu trinken holen? Hast du Hunger?«

»Ich hole mir was in der Küche«, sagte ich und ging hinaus. Minuten später stand Wölfchen in der Küchentür. Seine halblangen dunkelblonden Haare waren zerstrubbelt, er hatte sich die Brille aufgesetzt, ohne die er blind wie ein Maulwurf war. Ich saß am Küchentisch, den Kopf in beide Hände gestützt.

»Hast du dir was gemacht?«, fragte er. Seine gesamte Hilflosigkeit äußerte sich in dem Bemühen, mich zu füttern. Ich zeigte auf die halb leere Flasche Cola, die auf dem Tisch stand, aus der ich gerade einen Schluck genommen hatte.

»Hast du was gegessen?«

»Nein«, gab ich zu.

»Ich mach dir eine Stulle«, sagte er und öffnete die Kühlschranktür. Protest war zwecklos, und erstaunlicherweise verspürte ich tatsächlich einen Anflug von Hunger. Oder war mir nur schlecht?

Wölfchen kochte einen Tee für uns beide und setzte sich mit zwei belegten Broten zu mir an den Küchentisch.

»Das war keine gute Idee von dir, dass du weggelaufen bist. Du kannst dich nicht vor ihren Fragen drücken.«

»Was wollten sie von dir?«, fragte ich, während ich langsam an meiner Teewurststulle kaute.

»Den genauen Ablauf seit Donnerstag. Und sie wollten wissen, wie mein Verhältnis zu Claudi war, wie dein Verhältnis war und natürlich wie das mit Jürgen und Claudi, Jürgen und dir und mir war.«

»Das reicht doch, wenn du es ihnen sagst.« Ich konnte nur ganz kleine Bissen von dem Brot schlucken, sonst musste ich würgen.

»Babs, ich habe ein schlechtes Gefühl. Die scheinen zu glauben, dass wir Claudi was angetan haben.«

Mir fiel die Stulle aus der Hand. »Wie bitte, das können die doch nicht im Ernst glauben? Haben sie das gesagt?«

»Nein, direkt gesagt haben sie es nicht, aber was glaubst du, warum sie sich nach den Verhältnissen zwischen Claudi, dir, ihrem Vater und mir erkundigen.«

»Na, weil es sicher ungewöhnlich ist, dass Exmann und neuer Partner sich gut verstehen.«

»Nein, Babs, da ist mehr. Irgendwas stinkt da. Sie haben mich gefragt, ob wir Rattengift im Haus oder Keller haben.

Und sie haben mich gefragt, ob ich sonst auch für den Haushalt zuständig sei. Wieso ich denn am frühen Morgen die Geschirrspülmaschine habe laufen lassen und den Müll entsorgt habe, obwohl es doch gerade einen Notfall gegeben hatte.«

Ich war fassungslos. »Das meinen die doch nicht im Ernst, oder?«

Wölfchen rührte in seinem Tee. »Sie müssen wohl allen Möglichkeiten nachgehen. Aber es war nicht sehr hilfreich, dass du heute abgehauen bist. Sie glauben, dass du dich einer Befragung entziehen willst. Und sie fragen sich natürlich, wieso.«

Ich starrte ihn an. Gab es tatsächlich Menschen, die so wenig Empathie haben? »Ich brauche eine Tablette«, sagte ich und wollte aufstehen.

»Nicht, Babs, du reagierst das erste Mal seit Tagen halbwegs normal, bitte hör auf mit den Tabletten. Du schiebst den Schmerz doch nur auf.«

»Was weißt du schon davon«, sagte ich und riss mich los. Als ich in der Tür stand, drehte ich mich um. »Es tut mir leid, Wölfchen.«

Er stand auf und nahm mich in den Arm. Ich lehnte mich an ihn, aber ich war ihm nicht nah. Es war, als läge zwischen uns ein Meer aus ungeweinten Tränen.

Er streichelte mir über den Kopf. »Komm, Babsi, ich bringe dich ins Bett.«

Ich machte mich ganz steif. »Nein, ich will nicht ins Bett.« Das war nicht die ganze Wahrheit, ich wollte nicht in ein Bett mit ihm. Ich wollte seine Nähe nicht, ich wollte allein sein, mit mir, meinen Gedanken und Erinnerungen. Wieso verstand er das nicht, wieso verstanden das die Polizisten nicht?

»Ich nehme ein heißes Bad.«

»Gute Idee, ich lasse dir das Badewasser ein.« Seine verdammte Hilfsbereitschaft ging mir auf die Nerven. Aber bitte schön, es schadete nichts, wenn er den Wasserhahn für mich aufdrehte.

Ich ging ins Schlafzimmer und zog mich aus. Aus der Nachttischschublade holte ich die Packung Diazepam. »Du schiebst den Schmerz nur auf«, hatte Wölfchen gesagt. Ich wusste, dass er recht hatte. Aber war ich schon bereit, mich dem Schmerz zu stellen? Und was war das, was ich im Moment verspürte, was mich fast umbrachte, erstickte? War das kein Schmerz? Ich ließ die Packung Diazepam zurück in die Schublade fallen. *Schauen wir mal, wie es sich ohne anfühlt*, dachte ich. Ich dachte es genauso unbeteiligt, wie ich seit Tagen vollkommen unbeteiligt allem gegenüber war, was meine Person betraf, ich hatte mich nicht gewaschen, nicht gekämmt, nicht die Zähne geputzt, kaum gegessen, kaum geschlafen.

Im Badezimmer türmten sich die Schaumberge in der Badewanne. Es duftete nach Rosskastanien und Fichtennadeln, Badedas, das Lieblingsschaumbad von Claudi. Ich ließ mich hineingleiten in diese herrlich warmen, knisternden Wolken, es war, als umarmte mich meine Tochter. Ich tauchte unter und ließ meine mittelblonden Haare im Wasser schwingen, was, so fragte ich mich, wäre, wenn ich einfach den Kopf unter Wasser behalten würde, bis ich nicht mehr atmete. Aber sobald die Luft knapp wurde, tauchte ich automatisch auf. Mit geschlossenen Augen lag ich in der Wanne, sobald die Temperatur ein wenig abfiel, ließ ich heißes Wasser nachlaufen.

»Babsi, nicht einschlafen!« Wölfchen stand in der Badezimmertür, die man leider nicht abschließen konnte.

»Lass mich«, sagte ich.

»Du weichst doch total durch, komm, Liebes, ich trockne dich ab.«

Am liebsten hätte ich ihn angeschrien: Geh weg, lass mich in Ruhe! Aber ich öffnete die Augen und sagte: »Ist doch egal, ich komm gleich.«

Irgendwann erhob ich mich doch aus der Badewanne, ich wickelte mich nur in meinen Bademantel, und anstatt mich abzutrocknen, schlang ich ein Handtuch um meine Haare.

Im Wohnzimmer legte ich mich auf die Couch. Ich hätte gern den Fernseher angeschaltet, so hätte ich wenigstens einen Vorwand Wölfchen gegenüber gehabt, aber es war weit nach Sendeschluss.

Gegen Morgen fiel ich in einen unruhigen Dämmerschlaf. Als Wölfchen sich fertig machte, um zur Arbeit zu gehen, wachte ich auf. Ein Teil von mir wusste, dass ich ihm gegenüber lieblos und unfair war, dem anderen Teil von mir war es egal. Als die Tür endlich hinter ihm ins Schloss fiel, atmete ich auf. Zumindest musste ich in den nächsten Stunden kein Gesicht machen oder irgendetwas brauchen. Womit ich nicht gerechnet hatte, war das hartnäckige Klingeln. Ich dachte gar nicht daran zu öffnen.

»Aufmachen, Polizei!«, schallte es schon wieder durch die Wohnungstür.

Oh nee, oder? Mir blieb nichts anderes übrig, als die Tür zu öffnen, wenn ich nicht wollte, dass sie das ganze Haus alarmierten.

Draußen standen mehrere Männer in Zivil. »Wir haben einen Durchsuchungsbefehl«, sagt der Älteste von ihnen, offensichtlich der Einsatzleiter.

Einen was? Drehten die jetzt völlig am Rad?

Ich ließ mir den Zettel geben. Tatsächlich, ein Durchsuchungsbefehl mit Brief und Siegel. »Was um Gottes willen suchen Sie eigentlich?«

Die Herren antworteten nicht.

Ich ließ sie eintreten. Sie verteilten sich auf die verschiedenen Räume. Ich hatte keine Idee, wohin mit mir, also ging ich zurück zum Sofa und wickelte mich wieder in meine Schlafdecke. Sie öffneten systematisch Schublade für Schublade, Schranktür für Schranktür. Sie schauten unter Polster und unters Sofa, ich blieb einfach liegen und ließ sie um mich herum suchen.

»Gibt es hier einen Keller?«, fragte einer der Herren.

»Gibt es.«

»Wo ist er?«

»Im Keller, wo sonst.« Was für eine blöde Frage.

»Schlüssel, Kellernummer?«

Ich stand auf und holte den Kellerschlüssel vom Schlüsselbord. »Der zweite Keller von links. Darf ich mich jetzt endlich anziehen?«

»Wenn wir im Schlafzimmer fertig sind«, sagte der Einsatzleiter.

Ich schaute ins Schlafzimmer. Was zum Teufel suchten die in meinen Unterhosen? Sie hatten den Inhalt meiner Nachttischschublade auf dem Bett ausgeleert. Ich fühlte mich, als ob mich jemand nackt auszog. Was hatten die Kerle meine Antibabypillen oder meine Liebeskugeln zu interessieren. Wenn mir das vor ein paar Wochen passiert wäre, hätte ich nicht nur die Kerle, sondern das ganze Haus zusammengebrüllt. Es war jedoch, als hätte ich mir eine Teflonhaut angeschafft, jeder Anflug von Peinlichkeit perlte einfach an mir ab.

Nach knapp einer Stunde war der Spuk vorbei. Die Beamten gingen, wie sie gekommen waren: laut und polternd. Und sie nahmen so einiges mit. Lebens- und Putzmittel aus der Küche, Medikamente aus dem Schlaf- und dem Wohnzimmer, Schulhefte und Kladden meiner Tochter und einen alten Koffer aus dem Keller. Ich musste eine Liste unterschreiben.

Dafür hinterließen sie mir einen anderen Wisch: eine Vorladung zur Polizei. Um vierzehn Uhr hatte ich bei der Polizeidirektion 4 zur Befragung anzutreten, ebenfalls richterlich angeordnet.

Als sie gegangen waren, öffnete ich alle Fenster, um den Geruch dieses ungebetenen Besuchs zu vertreiben.

Nachdem ich zwei Tassen Kaffee in mich hineingeschüttet und mir ein Brot mit Jagdwurst gemacht hatte, fühlte ich mich ein wenig besser. Durch die tagelangen, hochdosierten Beruhigungsmittelgaben war ich zwar wackelig auf den Beinen, aber langsam schien mein Verstand wieder zu erwachen.

Ich rief Wölfchen bei Flohr-Otis an. »Die Polizei hat soeben eine Hausdurchsuchung bei uns durchgezogen«, sagte ich, ohne Begrüßung.

»Was haben die denn gesucht?«

»Pillen, irgendwas im Keller, Lebensmittel, keine Ahnung. Und ich muss um zwei zur Kripo. Sie haben mir eine Vorladung zugestellt.«

»Soll ich dich hinfahren?«

»Nein.«

»Du kannst unmöglich Auto fahren«, wandte mein Lebensgefährte ein.

»Ich habe seit gestern Nachmittag keine Tabletten mehr geschluckt.«

»Wie geht es dir jetzt?« Er klang besorgt.

»Auch nicht anders.«

Um halb zwei rief ich mir ein Taxi. Ich hatte keine Ahnung, wo ich genau hinmusste, irgendwo in der Nähe von der Gallwitzallee, schätzte ich. Ich war viel zu flatterig, um die angegebene Adresse erst in einem Falk-Plan und dann in dem Straßengewirr von Lankwitz zu suchen.

Ohlsen und Klever erwarteten mich in einem verräucherten Zimmer mit abgeschabten Holzmöbeln.

»Danke, dass Sie gekommen sind, Frau Wiegand«, begrüßte mich der Hauptkommissar.

»Hatte ich eine Wahl?«

Sie platzierten mich auf einem harten Holzstuhl neben einem uralten Schreibtisch.

»Frau Wiegand, wie Sie wissen, ist Ihre Tochter vermutlich an einer Vergiftung gestorben. Wir möchten jetzt mit Ihnen zusammen ihre letzten Stunden rekonstruieren. Fühlen Sie sich dazu in der Lage?«

»Was ist, wenn ich mich dazu nicht in der Lage sehe?«

Und wieder bekam ich auf meine Frage keine Antwort.

»Fangen wir mit dem Donnerstag letzter Woche an. Was haben Sie am Donnerstag gemacht?«

»Donnerstag?« Es war, als sei der Tag vor einer Woche Jahre her. Am Donnerstag war die Welt noch in Ordnung gewesen.

»Wir sind vom Gardasee zurückgefahren.«

»Sie waren also noch im Urlaub. Wo am Gardasee waren Sie genau?«

»Wir hatten ein Apartment in Malcesine gemietet.« Es war ein hübsches, kleines Apartment direkt am See gewesen. Mit einem Balkon mit Seeblick und einem langen Steg von der Liegewiese aus in den See. Claudia hatte ein kleines Schlafzimmer gehabt, Wölfchen und ich hatten in dem großen Wohnzimmer geschlafen, das mit einem Doppelwandbett ausgestattet war.

»War das ein neues Haus oder ein älteres Gebäude?«, fragte Ohlsen.

»Es war ein ziemlich modernes Haus, wir haben das Apartment von einer Familie gemietet, die am Lietzensee wohnt.«

»Die Adresse können Sie uns sicher geben«, sagte Klever.

»Ja, natürlich, wir haben in der Nacht, als wir nach Hause gekommen sind, den Schlüssel bei den Besitzern des Apartments in den Briefkasten gesteckt.«

Ich fragte mich, warum sie mich diesen Schwachsinn fragten, das hatte ihnen Wölfchen doch bestimmt alles schon erzählt.

»Sie hatten die Wohnung also privat gemietet?«, fragte Klever.

Ich nickte. »Zeitungsannonce.«

»Das ist ein langer Weg vom Gardasee nach Berlin«, stellte Ohlsen fest. »Und den sind Sie in einem Rutsch gefahren?«

»Ja. Wir wollten keinen Urlaubstag verschwenden, Wölfchen und ich konnten uns ja abwechseln.«

»Trotzdem, es war Ferienende in Berlin, die Autobahnen waren voll, das hat sicher ziemlich lange gedauert.«

»Wir sind um drei Uhr morgens in Malcesine losgefahren, weil wir nicht in den Ferienendestau kommen wollten. Trotzdem mussten wir an der österreichischen Grenze über zwanzig Minuten warten. Die Brennerautobahn haben wir noch ganz gut hinter uns gebracht, an der deutschen Grenze in Kufstein wurde es dann allerdings ziemlich eng.«

»Das war bestimmt nichts gegen die Grenze zur Zone«, mutmaßte Klever.

»Wir haben fast zwei Stunden in Hirschberg gestanden.«

»Wie viele Stunden waren Sie insgesamt unterwegs?«

»Wir waren um kurz vor Mitternacht in Berlin.«

»Wo haben Sie unterwegs Rast gemacht?«

»Fragen Sie mich was Leichteres. Kurz vor Hirschberg waren wir in diesem Brückenrestaurant. Da waren wir echt kaputt.«

»Frankenwald?«, fragte Ohlsen.

Ich zuckte mit den Schultern. »Kann sein.«

»Haben Sie dort etwas verzehrt?«

»Kaffee. Würstchen und Kartoffelsalat.«

»Alle das Gleiche?«

Ich bejahte.

»Und sonst?«

»Kurz nach der österreichischen Grenze haben wir auch noch mal Rast gemacht. Oberaudorf?«

»Was gegessen?«

»Kaffee und Kuchen. Irgend so einen Streusel. Aber Claudia hatte Eis. Capri. Es war tierisch heiß im Wagen.«

»Und in Italien?«

»Da waren wir nur auf so einem öffentlichen Rastplatz an der Brennerautobahn. Mädchen links, Jungs rechts. Wir hatten ja Kaffee und Stullen mitgenommen, wir wollten so schnell wie möglich Richtung Heimat.«

»Und als Sie nach Hause kamen, was haben Sie dann gemacht?«

»Wir sind alle ins Bett gegangen.«

»Sie haben nichts mehr gegessen?«

»Die Currywurstbude am Amtsgericht hatte noch auf, da haben wir uns jeder eine Curry geholt. Darf ich Sie jetzt auch einmal etwas fragen?«

»Natürlich«, sagte Ohlsen.

»Meine Tochter ist doch obduziert worden. Liegt das Ergebnis der Obduktion schon vor?«

Ohlsen und Klever wechselten einen Blick. »Ja«, sagte Ohlsen, »wir haben das Ergebnis gestern bekommen.«

»Und darf ich vielleicht auch mal erfahren, was dabei herausgekommen ist?«

»Ihre Tochter hatte eine Vergiftung, Blei oder Kupfer, die Laborergebnisse liegen noch nicht abschließend vor.«

»Wie kann sich eine Zwölfjährige an Blei oder Kupfer vergiften?«, schrie ich die Beamten an. »Wie, verdammt noch mal, haben Sie eine Idee? Die leckt doch nicht an irgendwelchen Rohren oder Leitungen!«

»Deshalb wollen wir ja wissen, was Ihre Tochter in den letzten Tagen gemacht und vor allem gegessen und getrunken hat.«

»Haben Ihnen das mein Exmann und Wölfchen nicht schon bis zum letzten Krümel berichtet?«

»Wir wollen es von Ihnen hören«, sagte Ohlsen.

Ich blickte aus dem Fenster und dachte, es müsste mal wieder geputzt werden. »Am Freitag hat mein Exmann Jürgen Claudia morgens abgeholt. Zum Frühstück hatten wir nur ein wenig Zwieback, Marmelade und Kaffee, wir hatten ja noch nicht eingekauft. Claudia und Jürgen sind dann kurz vor sechs nach Hause gekommen.« Ich schloss die Augen und dachte an diesen schicksalhaften Abend. Es blieb mir nichts anderes übrig, als den beiden die letzten Stunden meiner Tochter nochmals minutiös zu schildern.

Mir liefen die Tränen herunter, als ich das Ergebnis dieser Nacht für die Polizisten zusammenfasste:

»Um 5 Uhr 26 morgens rief Jürgen die Feuerwehr. Um 6 Uhr 14 wurde Claudia mit Blaulicht im Klinikum Steglitz eingeliefert. Um 11 Uhr 07 hörte Claudias Herz auf zu schlagen. Um 11 Uhr 38 gaben die Ärzte den Kampf um ihr Leben auf. Das Leben meiner Tochter dauerte zwölf Jahre, zwei Monate und sechzehn Tage.«

Ich konnte nicht mehr sprechen, die Tränen erstickten meine Worte.

»Frau Wiegand, wie war das Verhältnis Ihrer Tochter zu Herrn Martens?«

»Claudi und Wölfchen sind sehr gut miteinander ausgekommen. Nachdem meine Tochter akzeptiert hatte, dass ihr Vater und ich weiterhin befreundet waren, aber ganz sicher – trotz all ihrer Versuche, uns wieder zu verkuppeln – nicht mehr zusammenkommen würden, hat Claudia sich damit abgefunden, einen Stiefvater zu haben.«

»Seit wann leben Sie mit Herrn Martens zusammen?«

»Seit« – ich musste nachrechnen – »seit knapp vier Jahren.«

»Warum sind Sie nicht verheiratet?«, fragte Klever.

»Muss man verheiratet sein? Ist es unmoralisch, ohne Trauschein zusammenzuleben?«

»Nein, das ist allein Ihre Sache. Seit wann sind Sie von Herrn Wiegand geschieden?«

»Seit acht Jahren.«

»Sie tragen aber weiterhin seinen Namen.«

»Ja, und?«

»Warum haben Sie Ihren Mädchennamen nicht wieder angenommen?«

»Weil ich …« Ich schluckte. Was hatte diese Kerle zu interessieren, warum ich mich immer noch Wiegand nannte. Sie wollten einen Grund, na gut, dann würde ich ihnen einen geben: »Ich wollte, dass meine Tochter so heißt wie ich.« Das war nur die halbe Wahrheit, doch es schien ihnen zu reichen.

»Haben Sie sich wegen eines anderen Mannes scheiden lassen?«, fragte Klever.

Ich schüttelte nur den Kopf. »Nein.«

»Wie war das Verhältnis zwischen Herrn Martens und Herrn Wiegand?«, fragte Klever.

»Super. Die beiden sind sich ein wenig ähnlich, sie haben die gleichen Interessen. Das hat vom ersten Treffen an geklappt zwischen den beiden.«

»Gab es da keine Eifersucht?«

»Wieso, es gab keinen Anlass für Eifersucht, Jürgen und ich waren doch geschieden.«

»Und Herr Wiegand war nicht eifersüchtig auf Ihren neuen Lebenspartner?«

»Nein, das war er ganz bestimmt nicht!«, sagte ich. »Und was hat das überhaupt mit der Vergiftung meiner Tochter zu tun?«

»Wussten Sie, dass Ihre Tochter keine Jungfrau mehr war?«

Die Frage traf mich wie ein Fausthieb mitten in die Magengrube.

Ich schüttelte nur den Kopf. Nein! Nein! Nein! Das konnte nicht sein. Das konnte nicht stimmen.

»Das ist, … das ist nicht wahr!«, stammelte ich.

Ohlsen legte die Hand auf meine Hand. »Ich fürchte doch, Frau Wiegand.«

»Hatte Ihre Tochter einen Freund?«

»Na klar hatte sie Freunde, Schulfreunde, die haben bis vor kurzem noch zusammen gespielt.« Ich schüttelte wie wild den Kopf. »Das kann nicht stimmen, nein, das glaube ich nicht.«

»Wir brauchen eine Liste aller Freunde, bitte«, sagte Klever.

»Natürlich.« Meine Gedanken rasten. Wer kam dafür infrage, mit wem war mein kleines Mädchen ins Bett gegangen? Was bedeutete das? Wer? Ich hatte nichts gemerkt, nichts, absolut nichts. Oder doch?

Eine Frage riss mich aus meinem Gedankenkarussell: »Sie sind«, sagte Ohlsen, »neunundzwanzig Jahre alt.«

Ich sah ihn fragend an. Was wollte er damit sagen?

»Ihre Tochter ist zwölf. Sie haben wohl auch sehr früh angefangen?«

Ach, darauf wollten sie hinaus. »Ja, stellen Sie sich mal vor.«

»Herr Wiegand ist dreizehn Jahre älter als Sie«, stellte Klever fest. Die Feststellung hing wie Unheil in der Luft.

Mein Magen fühlte sich an, als schwirrten tausend wütende Wespen darin umher, die Beamten hatten mitten hinein ins Nest gestochen.

»Darf ich jetzt gehen?«, fragte ich schluchzend.

»Sie müssen Ihre Aussage noch unterschreiben«, sagte Ohlsen.

Wie blind lief ich den graugrün gestrichenen Flur entlang Richtung Ausgang. Ich brauchte frische Luft. Dringend. Natürlich gab es nirgendwo in der Nähe einen Taxistand, also lief ich einfach geradeaus, in der Hoffnung, dass mir irgendwann ein gelbes Schild auf einem Wagen entgegenkam. Ich hatte kein Auto dabei, mit dem ich gegen einen Baum fahren konnte, es gab in der Nähe keine Brücke, von der ich springen konnte. Alles, was mir blieb, war die Packung Diazepam in meiner Nachttischschublade. Ich wollte zu meiner Tochter.

Sie haben wohl auch sehr früh angefangen, hatte der Kommissar gesagt. Ja, hatte ich. Die Erinnerung an den Sommer 1970 überschwemmte mich wie eine warme Welle.

SOMMER 1970 BERLIN-WANNSEE

Ich vermeinte es noch zu hören. »In the Summertime« war im Sommer 1970 allgegenwärtig: im Radio und auf den Kassetten, die in den tragbaren Rekordern steckten, in den Diskotheken und Kneipen. Auch in der Kellerbar des Wannseeheims, wo die Klassen 11a und 11b zusammen drei Tage verbrachten, tanzten meine Schulkameraden nach Mungo Jerrys Rhythmen, es war heiß, stickig, und die Rauchschwaden, die durch den niedrigen Raum waberten, stammten nicht ausschließlich von Zigaretten. Ich trank mein zweites Bier, während ich am Tresen mit Jürgen über Sinn und Unsinn des Lehrstoffs diskutierte.

Ausgerechnet Jürgen Wiegand, mein Mathelehrer, mit dem wir uns alle duzten. Wir mussten schreien, so laut war die Musik. Ich hasste Mathe, und alles, was mit Zahlen zu tun hatte, war mir ein Graus, da bildete Jürgen keine Ausnahme, auch wenn er schöne Augen hatte, wie ich in dem Dämmerlicht ehrlicherweise feststellen musste.

Als ich mir eine Zigarette anzünden wollte, nahm er mir das Feuerzeug aus der Hand und gab mir Feuer. Die sanfte Berührung ließ mich erschaudern. Verlegen strich ich meine langen, dunkelblonden Haare zur Seite: »Danke.«

Ich merkte selbst, wie rau sich meine Stimme anhörte.

»Weißt du, dass du schön bist?«, fragte er mich völlig unvermittelt. Er hatte es so leise gesagt, dass ich nicht sicher war, ob ich mich verhört hatte.

Dee-dah-do dee-dah-do dah-do-dah … Waren es die stampfenden Beats von Mungo Jerry, oder war es mein Herz, das so wild pochte?

Ich trank einen großen Schluck von dem Bier, das inzwischen warm geworden war, und schüttelte den Kopf, nicht um seine Frage zu verneinen, sondern um das Gefühl der Benommenheit loszuwerden. »Ich glaube, ich muss an die frische Luft«, sagte ich.

»Na, dann komm, ich begleite dich«, sagte er und führte mich hinaus, vorbei an den knutschenden Paaren, die sich auf blauen Gummimatten, wie man sie sonst nur in Turnhallen fand, wälzten, vorbei an den zuckenden Leibern meiner Mitschüler, die sich im Takt der Musik bewegten, vorbei an Frau Drechsler, der Französischlehrerin, die gelangweilt mit der Klassenstreberin Vera am anderen Ende des Tresens saß.

»Ist dir schlecht?«, fragte Jürgen besorgt, als wir die breite Freitreppe hinunter zum Garten hinabstiegen. Er hatte mich fest am Arm gepackt.

»Nein. Nein, mir ist nur schwindelig.« Was ich nicht sagte, war, dass ich bereits den zweiten Joint an diesem Abend geraucht hatte und an Bier ganz und gar nicht gewöhnt war.

Jürgen führte mich durch den gepflegten, nur spärlich

beleuchteten Garten hinunter zum Wasser. Es war nicht mehr sehr warm draußen, man roch bereits den nahenden Herbst. Ich war froh, als Jürgen mich zu einer Bank führte. Er setzte sich neben mich. »Du zitterst ja. Ist dir kalt?«

Ich nickte, in der Kellerbar war es heiß und stickig gewesen, aber obwohl mir die frische Nachtluft guttat, ließ mich die Feuchtigkeit, die aus dem Wannsee hochstieg, frösteln. Jürgen zog seine Jeansjacke aus und legte sie mir um die Schultern. »Besser?«

»Danke.« Wahrscheinlich kicherte ich, so genau weiß ich das nicht mehr. Ich erinnere mich, dass mir die ganze Szenerie einfach nur noch komisch vorkam. Da saß ich nun mit meinem Mathelehrer, von dem die halbe Klasse schwärmte, und ausgerechnet mich würde er gleich küssen. Die meisten Mädchen in der Klasse waren in Jürgen verliebt, während ich bisher weder den Differentialrechnungen noch ihm irgendeinen Sexappeal hatte abgewinnen können. Unglaublich, einfach unglaublich.

»Was ist, wenn uns hier einer sieht?«, fragte ich ihn.

»Was soll sein, wir tun doch nichts Verbotenes.«

»Bist du dir da ganz sicher?«, fragte ich.

Er legte meine Hand, die sich auf seinen Oberschenkel verirrt hatte, zurück auf meine Beine. »Barbara, das darfst du nicht tun.«

»Aber du magst es doch, oder?«

»Welcher Mann mag das nicht«, antwortete er.

Ich fühlte, wie sein Atem ein wenig schneller ging, obwohl ich noch nicht viel Erfahrung mit Männern hatte, wusste ich instinktiv, dass ich ihn hatte. Mit meinem beduselten Gehirn entschied ich, dass Jürgen der Mann sein würde, der mich von der schwersten Bürde meiner jungen Jahre befreien sollte. Ich wollte ihn, ich wollte, dass er mich noch an diesem Abend zur Frau macht. Meine Brust berührte ihn, als ich ihm mein Gesicht zuwandte, ich sah das Begehren in seinem Blick, der von meinem Busen zu meinem Mund gewandert war, ich spürte, wie sein Atem sich noch mehr beschleunigte. Abrupt stand er auf. »Lass das, Barbara!« Er schrie es fast. »Komm, es wird kalt. Lass uns reingehen!«

»Du hast Angst«, stellte ich fest und stand auf.

»Ja«, gab er zu. »Ja, ich habe Angst vor dir.«

»Das ist nur gerecht. Ich habe auch immer Angst vor meinem Mathelehrer.«

Bis heute habe ich Differentialrechnungen nicht begriffen, aber an diesem Abend habe ich viel über Männer und die Macht von Frauen gelernt.

Er hatte einen Sicherheitsabstand zwischen uns gebracht. Schweigend gingen wir zurück in die alte Villa. Als ich wieder in die Kellerbar wollte, hielt er mich fest. »Du solltest schlafen gehen«, mahnte er.

»Ich brauche jetzt noch einen Drink«, sagte ich, weil ich keine Ahnung hatte, wie das Spiel weitergehen sollte.

»Du verträgst keinen Drink mehr«, sagte er. »Komm, ich bringe dich nach oben.«

»Nur wenn du mitkommst«, sagte ich.

Er bugsierte mich hoch zu dem Schlafsaal.

»Bekomme ich einen Gute-Nacht-Kuss?«

»Nein!« Er schrie es fast, schob mich in den Schlafsaal. Als er die Tür geräuschvoll hinter mir geschlossen hatte, stellte ich fest, dass mir doch verdammt schlecht war.

DER LABORBERICHT

Ich war so tief in die Vergangenheit eingetaucht, dass ich das mir entgegenkommende Taxi fast übersehen hätte. Als es bereits an mir vorbeigefahren war, reagierte ich und stieß einen schrillen Pfiff aus, einen von der Sorte, den meine Eltern »nicht gerade damenhaft« genannt hätten. Das Taxi stoppte, ich winkte und ließ mich nach Hause kutschieren. Nach Hause?

Ich wollte nicht nach Hause, ich wollte meine Ruhe haben und nachdenken. Zu Hause erwartete mich Wölfchen mit vielen Fragen. Fragen, die ich nicht beantworten wollte, ich musste mich sortieren, meinen Kopf klarkriegen.

Aber wohin? Zu Jürgen wollte ich genauso wenig. Meine alten Schulfreundinnen lebten alle nicht mehr in West-Berlin, mit meinen Kolleginnen hatte ich zwar guten Kontakt, wir gingen regelmäßig nach dem Spätdienst zusammen einen trinken, aber es gab keine, bei der ich einfach klingeln und fragen konnte, ob ich bei ihr übernachten dürfte.

Meine Eltern waren vorsichtshalber nach Stuttgart gezogen, um ja nicht von den Nachbarn wegen ihrer verdorbenen Tochter »beredet zu werden« oder gar ihren Schwiegersohn ertragen zu müssen. Mit »dem Balg« wollten sie ebenfalls nichts zu tun haben. Dass ich von Jürgen seit acht Jahren geschieden war, machte die Sache nicht besser, denn jetzt lebte ich schon wieder mit einem Kerl »in Sünde« zusammen. Ich hatte meine Eltern nicht einmal davon unterrichtet, dass meine Tochter vergiftet worden war. Wozu auch, mein Vater hatte sich schließlich von mir »losgesagt«. Und Mutti machte exakt das, was Vati von ihr verlangte. Und das hieß: »Keinen Kontakt. Sie ist nicht mehr unsere Tochter.«

Ich war mir sicher, dass meine Mutter darunter litt, aber sie hatte sich meinem Vater gegenüber noch nie durchgesetzt. Schließlich lebte sie von ihm. Weibliche Solidarität mit der Tochter? Fehlanzeige. Nicht ein einziges Mal hatte sie mich meinem Vater gegenüber verteidigt, stattdessen hatte sie alles vertuscht, was »Vati nicht wissen darf«, also zum Beispiel schlechte Zensuren oder Tadel unterschrieben, mir Miniröcke gekauft und mein Taschengeld aufgestockt, indem sie es vom Kostgeld abgeknapst hatte.

Als ich mit siebzehn merkte, dass ich schwanger war, schien es mir wie das Ende der Welt. Ich hatte wirklich Angst, dass mein Vater mich umbringen würde. Deshalb versteckte ich meine Schwangerschaft so lange wie möglich. Da meine Mutter mich noch nie beschützt hatte, traute ich mich auch nicht, es ihr zu gestehen. Auch Jürgen erfuhr von meiner Schwangerschaft erst, als es bereits zu spät für eine Abtreibung war.

Ich hatte mich in jener Nacht im Wannseeheim über den Balkon in sein Zimmer geschlichen und in sein Bett gelegt. Was hätte er tun sollen, der Mann war schließlich nicht aus Stein. Wir haben nur dieses eine Mal miteinander geschlafen, nur dieses eine einzige Mal. Es hat wehgetan, aber ich war dann froh, dass mein Zustand der Jungfräulichkeit der Vergangenheit angehörte. Danach war Jürgen mir aus dem Weg gegangen.

In diesen ersten Monaten meiner Schwangerschaft war ich wohl das einsamste Mädchen auf der Welt. Jede Nacht lag ich wach, wälzte mich im Bett und überlegte fieberhaft, was ich tun sollte.

Und dann ging alles quasi von selbst. Meinem Vater fiel auf, dass ich nicht nur einen kleinen Bauch bekam, sondern morgens die Kloschüssel umarmte. »Sag mal, bist du etwa schwanger?«, fragte er mich.

Was sollte ich sagen. Mir blieb nur die Wahrheit. Ich nickte. Mehr nicht. Mein Vater holte aus und versetzte mir eine schallende Ohrfeige. »Bist du wahnsinnig, du Schlampe!«, schrie er.

»Ich, ich, ich kann doch nichts dafür«, stotterte ich.

»Was heißt, du kannst nichts dafür? Bist du vergewaltigt worden? Wer ist der Kerl, los, sag es mir.«

Und dann habe ich gelogen. Ich behauptete, dass mein Mathelehrer mich verführt hätte. In meiner Erzählung war ich das unschuldige Lämmchen und Jürgen der böse Verführer, der seine Schülerin missbraucht.

»Das ist doch, also, das ist doch die Höhe!«

Noch am selben Tag war mein Vater in der Schule und verlangte, Jürgen Wiegand zu sprechen.

Mein Vater und »dieses Subjekt«, wie er meinen Exmann nannte, hatten ein sehr ernsthaftes Gespräch.

Man kann sich die Situation heute kaum noch vorstellen. Da ging es in den Köpfen der Eltern um Ehre und die unangetastete Jungfräulichkeit, ohne die eine Frau vermeintlich keine Chance hatte, noch einen guten Mann auf dem Heiratsmarkt zu finden. Jürgen war wie vor den Kopf geschlagen, er hatte nicht mal gemerkt, dass ich schwanger war.

Noch am selben Tag hat mein Vater mich von der Schule abgemeldet. Und er zwang Jürgen, ihn um meine Hand zu bitten. Es kam nicht infrage, dass seine Tochter ein uneheliches Kind austragen würde.

»Also«, hatte er Jürgen die Pistole auf die Brust gesetzt, »entweder Heirat und Sie ernähren meine Tochter und dieses Balg, oder ich erstatte Anzeige beim Schulamt und bei der Polizei, wegen Unzucht mit Abhängigen. Ihren Beamtenstatus können Sie dann vergessen und Ihren Job als Lehrer können Sie an den Nagel hängen.«

Jürgen hielt um meine Hand an. Was blieb ihm auch übrig. Ich wurde nicht gefragt. Wir heirateten still und heimlich standesamtlich, ein paar Wochen bevor Claudi geboren wurde.

Jürgen versprach mir, dass wir uns sofort scheiden lassen konnten, wenn ich mit einundzwanzig Jahren volljährig wurde, ich aber erst mal das Kind zur Welt bringen und mich voll und ganz auf das Baby konzentrieren sollte.

»Und mein Abi?«, fragte ich ihn.

»Das kannst du nachholen, wenn unsere Tochter in den Kindergarten kommt.«

MUTHESIUSSTRASSE

Als ich nach Hause kam, schaltete Wölfchen den Fernseher aus und wollte mich mit Fragen bedrängen.

»Lass mich einfach in Ruhe«, sagte ich, »ich bin vollkommen erledigt.« Ich ging in Claudias Zimmer und schloss die Tür hinter mir.

Vor ihrem Bett blieb ich stehen. Wolf hatte die Bettwäsche abgezogen und in die Waschmaschine geworfen. Oder war das Jürgen gewesen? Ich konnte mich nicht mehr erinnern! In der Luft hing immer noch ein schwacher Geruch von Erbrochenem und dazu der ätzende Gestank von Chlorreiniger, den mein Lebensgefährte wohl ziemlich unverdünnt angewandt hatte.

Ich öffnete das Fenster, das zum Hof hinausging, und sah mich im Zimmer um. An der Zimmertür hing ein Bravo-Poster von Shakin' Stevens. In der Ecke stand noch Claudis Koffer, den weder sie noch irgendjemand anderer ausgeräumt hatte. Ich ließ mich in ihren orangefarbenen Sitzsack fallen. Es gab überhaupt ziemlich viel Orange in dem Zimmer, die weißen Regale hatten orangefarbene Türen. Auf dem niedrigen Tischchen zwischen Bett und Sitzsack stand eine halb heruntergebrannte dicke Kerze, wie wir sie jedes Jahr von Tante Hannelore zu Weihnachten aus Dresden zugeschickt bekamen.

Ich fragte mich, ob Claudia in diesem Bett entjungfert worden war. Und von wem. Wovon hatte mein Mädchen geträumt, wenn sie sich hier in ihren Sitzsack gefläzt, die Kerze angezündet hatte und sich Shakin' Stevens' »You drive me crazy«auf ihrem Plattenteller drehte. Hatte sie schon von der großen Liebe geträumt, von dem Helden, den sie mit ihrer Schönheit um den Verstand gebracht hatte, der auf einem weißen Pferd herbeieilen, sie mitreißen und mit ihr für immer und ewig in den Sonnenaufgang reiten würde, bis dass der Tod sie schied?

Oder hatte sie noch davon geträumt, Reitstunden auf dem Ponyhof zu bekommen? Wieso wusste ich das nicht? Weil man so etwas eine Tochter nicht fragt. Oder weil ich mich nicht entsinnen konnte, wann ich angefangen hatte, von dem Mann auf dem Schimmel zu träumen. Der Mann, für den ich als Teenager geträumt hatte, hieß Paul McCartney. Aber wann hatte das angefangen? Wann hatte sich diese wundersame Verwandlung vom Mädchen zur jungen Frau eingeschlichen? Bei mir? Und bei Claudi?

Wie hatte sie ihr erstes Mal erlebt? Im Gegensatz zu meinen Eltern waren Jürgen und ich sehr liberale Eltern gewesen. Während ich noch wie ein Burgfräulein gehütet worden war, hatten wir keinerlei Bedenken, wenn unsere Tochter mit Jungs rumhing, auf Schulpartys ging oder über Nacht auch mal bei einer Freundin schlief. Schließlich hatte die Burgfräulein-Erziehung bei mir auch nicht gefruchtet.

Aber wann fingen die jungen Mädchen jetzt an, mit Jungen zu schlafen? Ich hatte nicht den Eindruck gehabt, dass meine Tochter sich für ihre Klassenkameraden interessierte, jedenfalls nicht in sexueller Hinsicht. Claudi kam prima klar mit Jungs, weil sie eine große Klappe und eine burschikose Art hatte. Nie wäre ich auf den Gedanken gekommen, dass mein Kind bereits so früh erste sexuelle Erfahrungen gemacht hatte. Von einem unbeholfenen Kuss auf dem Schulhof vielleicht einmal abgesehen.

Mit wem hatte sie geschlafen? Ich sollte Loretta danach fragen. Wenn es jemand wusste, dann ihre beste Freundin. Ob sie mir die Wahrheit sagen würde? Claudia hatte schließlich nichts mehr zu verlieren.

Mir war klar, dass ich mit diesen Überlegungen nur versuchte, eine Stimme in mir mundtot zu machen. Eine Stimme, die mir einflüstern wollte, dass meine süße, kleine Tochter missbraucht worden war. Aber hätte sie mir das nicht gesagt? Wäre sie nicht Hilfe suchend zu ihrer Mama gelaufen?

Hatte Claudia unglücklich gewirkt? Nein, sie war ein lustiges, liebes, fröhliches Mädchen gewesen. Nichts schien sie mehr zu bedrücken als ihre nächste Mathearbeit, vor allem weil ihr Vater auf Mathe gesteigerten Wert legte. Aber ansonsten schien sie mir sorglos. Oder hatte ich nicht sehen wollen, dass meine Tochter unglücklich war?

Nein, das stimmte nicht, sie war nicht unglücklich. Als

Jürgen und ich uns scheiden ließen, da war Claudi unglücklich. Aber wie hätten wir unserer Tochter erklären sollen, warum Mama und Papa sich wirklich scheiden ließen? Hätten wir ihr sagen sollen, dass wir nur geheiratet hatten, weil mein Vater Jürgen ansonsten angezeigt hätte? Hätten wir unserer Tochter sagen sollen, dass sie der einzige Grund für unsere Heirat gewesen war, ein ungewolltes Kind?

In dem Jahr, in dem Claudi eingeschult worden war, konnte ich endlich mein Abitur ablegen. Mit viel Glück bekam ich anschließend ein Volontariat bei dem deutschen Nachrichtendienst dpa.

Jürgen und ich hatten uns auf eine kinderfreundliche Version für unsere Scheidung geeinigt: Mama und Papa waren gute Freunde, nur sie liebten sich nicht mehr. Was im Grunde stimmte, wir waren wirklich gute Freunde geworden in den vier Jahren unserer Ehe. Was am Anfang nicht zu erwarten gewesen war. Noch am Tag unserer Hochzeit sprach Jürgen nicht ein überflüssiges Wort mit mir. Die Atmosphäre zwischen uns war zwar nicht eisig, aber sachlich. Ich hatte ein schlechtes Gewissen, denn schließlich hatte ich ihn in die Situation gebracht und meinen Vater angelogen.

Komischerweise schweißte uns die Schwangerschaft zusammen. Er schleppte mich zum Arzt, wir absolvierten gemeinsam einen Geburtsvorbereitungskurs, gemeinsam suchten wir Namen für unser Kind. Wir gingen zusammen eine Babyausstattung einkaufen, und bald hatte ich das Gefühl, dass Jürgen sich mehr auf das Baby freute als ich. Das gemeinsame Erlebnis dieser letzten Wochen war der Beginn unserer Freundschaft. Da ich nichts zu tun hatte, kümmerte ich mich um die Wohnung in der Muthesiusstraße und lernte kochen. Ich kaufte ein Kochbuch, und jeden Tag kochte ich ein anderes Gericht nach, was pünktlich auf dem Tisch stand, wenn er nach Hause kam.

Wir haben unsere Ehe nicht diskutiert. Es war, wie es war, und wir mussten beide zusehen, dass wir uns darin einrichteten. Ich ging ganz in meinen Pflichten als Hausfrau auf und versuchte, es ihm so angenehm wie möglich zu machen. Und dann kam Claudi.

Sie wurde am frühen Morgen eines kalten und regnerischen Tages im Mai geboren, der den Eisheiligen alle Ehre machte. Jürgen fuhr mich ins Krankenhaus und harrte dort dreizehn Stunden aus. Als ich unser Baby endlich im Arm halten durfte, heulte draußen der Wind um die Ecken, und der Regen peitschte gegen die Fenster vom Sankt-Gertrauden-Krankenhaus. Auch Jürgen heulte. Wir fuhren als eine glückliche junge Familie nach Hause. Einige Zeit später waren wir nicht nur Eltern geworden, sondern auch im Bett ein Ehepaar.

LORETTA

Als ich am Morgen halb auf der Erde liegend erwachte, fühlte ich mich ziemlich zerknautscht. So ein Sitzsack ist nicht die ideale Bettstatt. Aber ich hatte immerhin geschlafen, ganz ohne Tabletten. Im Zimmer war es kühl, das Fenster war die ganze Nacht offen geblieben. Ich entschied, dass ich in Zukunft in Claudis Zimmer schlafen würde.

Wölfchen ging ohne den Kopf ins Zimmer zu stecken und ohne ein Wort zur Arbeit. Ich wusste natürlich, dass ich nicht nett zu ihm war, aber ich hatte mit mir und meiner Trauer mehr als genug zu tun, ich konnte mich nicht auch noch um sein Seelenheil kümmern.

Ich musste mit Loretta sprechen. Also suchte ich Claudias Telefonbuch, doch ich konnte es nicht finden. Hatten die Polizisten es auch mitgenommen?

Am Nachmittag rief ich Jürgen an und fragte ihn danach.

»Hhm, keine Ahnung, was willst du denn mit dem Telefonbuch?«, fragte er.

»Die Freunde von Claudia benachrichtigen. Ich habe keine Ahnung, inwieweit sich der Unfall bereits herumgesprochen hat.«

»Alle dürften es inzwischen wissen, Loretta war am Montagnachmittag hier.«

»Aber die sehen sich nicht mehr jeden Tag, die sind doch jetzt auf mehrere Schulen verteilt. Du weißt, wie das ist, da gehen die Freundschaften ganz schnell auseinander, weil sie neue Freunde finden. Hat sie ihr Telefonbuch vielleicht bei dir gelassen?«

»Ich geh mal in ihrem Zimmer gucken. Kann sein, dass die Polizei es mitgenommen hat.«

»Ach, deine Wohnung haben sie auch durchsucht?«

»Ja, natürlich, gestern Vormittag«, sagte er.

»Warum hast du mir das nicht erzählt?«

»Du warst nicht zu Hause, abends habe ich nur Wölfchen erreicht. Der hat mir gesagt, dass du bei der Polizei bist. Wie war das denn für dich?«

Ich schwieg. Was sollte ich dazu sagen.

»War es sehr schlimm?«

»Schaust du bitte mal, ich brauche das Telefonbuch.«

»Moment.« Er legte den Telefonhörer beiseite. Es dauerte mindestens zehn Minuten, bis er wieder am Apparat war. »Nein, hier ist es nicht. Das ist doch das kleine goldene Buch, das sie so liebt.«

»Ja. Mist. Hast du Lorettas Telefonnummer?«

»Nein, wozu? Aber die müsstest du im Telefonbuch finden. Die heißen Jentsch mit Nachnamen, das ist nicht so häufig. Jentsch in der Brentanostraße.«

»Danke.«

»Wie geht es dir, kommst du halbwegs klar?«, fragte Jürgen.

»Und du?«

Wir antworteten beide nicht auf unsere Fragen.

»Hast du eine Ahnung, wann wir Claudia bestatten können?«, fragte er.

»Nein.« Wieso hatte ich das gestern eigentlich nicht gefragt? Wenn sie das Ergebnis der Obduktion bereits hatten, könnten wir uns um die Bestattung kümmern.

»Wie sollen wir unser Kind eigentlich bestatten?« Ich hörte, wie aufsteigende Tränen seine Stimme erstickten.

»Nein, nein, nein!« Ich schrie es fast.

»Babs, ich verstehe, dass du dich damit nicht befassen willst, aber es wird Zeit, dass du die Tatsache, dass unsere Tochter nicht mehr lebt, akzeptierst. Soll ich mich um die Bestattung kümmern?«

Ich sagte nichts dazu. Weil ich nicht wusste, was ich darauf antworten sollte. Allein das Wort hatte so etwas Endgültiges.

»Später, lass uns später darüber reden, bitte.«

»Okay«, sagte er, obwohl es nicht okay war. Nichts war okay, und es würde nie wieder okay werden.

Als ich aufgelegt hatte, rief ich bei der Auskunft an. Es gab keine Jentschs weder mit noch ohne Vornamen in der Steglitzer Brentanostraße.

Wie kam ich an Lorettas Telefonnummer? Ich habe das Mädchen nie leiden können, aber das habe ich Claudia natürlich nie so direkt gesagt. Man merkte, dass Loretta aus einem eher bildungsfernen Elternhaus stammte, was dazu führte, dass Loretta nicht nur berlinerte, sondern häufig regelrechten Gassenjargon von sich gab und mit Ausdrücken um sich warf, die ein Kind nicht kennen sollte. Es hatte mich viel Mühe gekostet, meiner Tochter das Berlinern abzugewöhnen, das offensichtlich in der Schule zum guten Ton gehörte, und sie zu einer einigermaßen hochdeutschen Aussprache zu erziehen. Aber mitunter rutschten ihr Ausdrücke heraus, die sie nur von Loretta haben konnte.

Als ich mal ein Pausenbrot in die Schultasche meiner Tochter packte, fand ich einen teuren Revlon-Lippenstift. Auf meine Frage, woher sie den habe, beichtete sie mir, dass sie den von Loretta bekommen hätte, die würde ab und an bei Woolworth Kosmetik klauen.

Burschi, hatte ich damals gedacht, *wer's glaubt, wird selig*. Ich nahm meine Tochter ins Gebet und erklärte ihr, dass es nicht nur kriminell sei zu klauen, sondern ebenso kriminell, Diebesgut zu behalten. Und dass sie sich bitte nicht ihre Zukunft versauen solle durch solche Dummheiten.

Ein andermal fand ich im Turnbeutel meiner Tochter eine halbe Schachtel Zigaretten und Streichhölzer.

»Die habe ich für Loretta aufbewahrt, die dürfen ihre Eltern nicht bei ihr finden.«

»Raucht ihr etwa?«, fragte ich. Da war meine Tochter gerade mal zehn alt gewesen.

»Nein, ich nicht«, schwor mein kleines Engelchen. Und sie wiederholte diesen Schwur regelmäßig, wenn sie nach Rauch stinkend nach Hause kam.

Natürlich verbot ich ihr nicht den Umgang mit Loretta. Das hätte ebenso wenig geholfen, wie es meinen Eltern geholfen hatte, mir den Umgang mit meiner Freundin Gabi zu verbieten. Es hätte sie nur noch enger zusammengeschweißt. Was nicht hieß, dass Claudia nicht sehr wohl wusste, was ich von ihrer Busenfreundin hielt.

Diese Loretta hatte eindeutig einen schlechten Einfluss auf Claudia gehabt. Deshalb war ich mir auch sicher, dass sie wusste, mit wem Claudia geschlafen hatte.

Wenn ich das Mädchen also nicht übers Telefon erreichen konnte, musste ich sie zu Hause besuchen. Loretta wohnte in einem Häuserblock, in dem alle Häuser gleich aussahen. Das letzte Mal, dass ich meine Tochter von Jentschs aus der Brentanostraße abgeholt hatte, war bestimmt vier Jahre her. Ich würde das richtige Haus suchen müssen.

Also zog ich mich an und fuhr in die Brentanostraße.

Manchmal muss man auch Glück haben: Ich sah Loretta schon von weitem, sie schien gerade einkaufen gehen zu wollen.

Ich fuhr rechts ran und kurbelte das Fenster runter. »Hallo, Loretta«, rief ich.

Als sie mich sah, stoppte sie. Einen Moment schien sie zu überlegen, dann kam sie auf mich zu. »Hey, Frau Wiegand«, sagte sie. Sie sah mich nicht an, sondern starrte auf das Kopfsteinpflaster unter ihr.

»Ich muss dich was fragen«, sagte ich.

»Was denn?«

»Magst du vielleicht einen Moment einsteigen?«

Loretta zuckte die Schultern. »Tut mir leid mit Claudi.«

»Komm, steig ein, bitte«, sagte ich.

Das Mädchen schien zu überlegen. Dann ging es um den Wagen herum, während ich die Tür öffnete.

Fieberhaft überlegte ich, wie ich das Gespräch beginnen sollte. Schließlich wollte ich ihr eine sehr intime Frage stellen.

»Wie geht es dir, Loretta?«, versuchte ich die Pause zu überbrücken.

»Okay«, sagte sie und pustete sich ihren viel zu langen dunkelblonden Pony aus den Augen. Ihre Körperhaltung strafte sie Lügen.

»Ich finde Claudias Telefonbuch nicht.«

Loretta schwieg.

»Das kleine goldene, du kennst es bestimmt«, fügte ich hinzu.

»Hhm, ja, ich glaube.«

»Weißt du, wo es sein könnte?«

»Keine Ahnung.«

Ich holte tief Luft. »Kannst du mir dann vielleicht dabei helfen, eine Liste von ihren Freunden zu machen? Mit Adressen und Telefonnummern?«

»Wozu?«

»Ich möchte alle Freunde von Claudi zur Beerdigung einladen«, sagte ich.

Sie schaute weiterhin starr geradeaus. War sie einfach noch starr vor Schreck über den Tod ihrer besten Freundin?

»Wann wird Claudi beerdigt?«

»Das weiß ich noch nicht.«

»Wieso nicht?« Gute Frage.

»Sie ist noch in der Gerichtsmedizin.« Ich hatte keine Lust, mit einer Zwölfjährigen über Obduktionen zu reden. Ich wollte Antworten, aber ich hatte keine Ahnung, wie ich die richtigen Fragen stellen sollte. »Ich kenne natürlich die meisten ihrer Freundinnen«, sagte ich. »Aber ich habe keine Ahnung, hatte Claudi auch einen Freund? Jemanden, der jetzt sehr traurig ist?«

Loretta schüttelte den Kopf. »Wir sind alle sehr traurig. Alle.« Und plötzlich ging mit dem Mädchen eine Verwandlung vor sich. Wirkte sie bis eben total verstockt, fing sie plötzlich an, bitterlich zu weinen.

Ich legte den Arm um sie und sagte, dass es mir leidtue, dass ich wisse, dass Claudi ihre allerbeste Freundin gewesen sei. Das Mädchen wurde von einem Weinkrampf geschüttelt. Auch mir kamen die Tränen, und so saß ich mit Claudis Freundin Arm in Arm heulend im Auto.

Ich war selbst so trostlos, wie sollte ich dieses Kind trösten? Mehr als ihr ein Taschentuch zu geben, damit sie ihre Tränen trocknen konnte, fiel mir nicht ein. Auch ich schnäuzte mich geräuschvoll.

»Hilfst du mir mit den Adressen?«, fragte ich in diese überraschende Atmosphäre von Nähe hinein.

Loretta nickte. »Ja«, sagte sie, »geht klar.«

MORDKOMMISSION

Ich hatte gedacht, dass es nicht schlimmer kommen konnte, doch da hatte ich mich geirrt. Es kam nicht nur noch schlimmer, es kam knüppelhart.

Am Sonntagmorgen um kurz nach sieben klingelte es Sturm. Ich schlief inzwischen in Claudias Zimmer.

Sowohl ich als auch Wölfchen wurden von zwei Polizisten in Zivil freundlich gebeten, zwecks einer Befragung mit in die Keithstraße zum LKA 1 zu kommen.

Wieso zu einer anderen Dienststelle, fragte ich mich, schließlich hatte ich der Kriminalpolizei bereits alle Fragen beantwortet. Waren Ohlsen und Klever nun nicht mehr zuständig?

Auf meine Frage bekam ich keine Antwort. »Wenn Sie jetzt bitte mitkommen würden«, sagte der Polizist, der seinen jüngeren Kollegen um einen halben Meter überragte.

»Wie jetzt, sofort?«, fragte ich entsetzt. Wir waren noch nicht mal angezogen.

»Ja. Jetzt sofort.«

»Wir sollen mit Ihnen direkt mitkommen?«, fragte ich.

»Wollen Sie uns verhaften, oder was?«, fragte Wölfchen. Die Unterhaltung fand stehend in unserem Flur statt.

»Sie sind nicht verhaftet, Sie sind nur zu einer Befragung vorgeladen.«

Wir sollten in ihrem Wagen mitfahren.

»Und wie kommen wir dann nach Hause?« Wölfchen war sauer.

»Darum kümmern wir uns später.«

Wir hatten also gerade mal genug Zeit, uns rasch die Zähne zu putzen und anzuziehen. Um kurz nach acht wurden wir in das altehrwürdige Gebäude des Berliner Landeskriminalamts in der Keithstraße geführt. Quasi gleichzeitig mit uns traf auch Jürgen in Begleitung von zwei Beamten beim LKA ein. Wir sahen uns hilflos an, was hatte das zu bedeuten?

Man verteilte uns auf verschiedene Räume. Warum trennten die uns?

Ich wurde in einen grauen Raum geführt, in dem es roch wie früher in meiner Schule. Bohnerwachs? Eine Frau und ein Mann betraten den Raum. Der Mann stellte sich als Hauptkommissar Ladenberg vor. »Und das ist meine Kollegin Frau Wiesner, sie wird Ihre Aussage schriftlich festhalten.«

Ich war irritiert. Was sollte dieser ganze Blödsinn?

»Kaffee?«, fragte Ladenberg.

»Ich schätze, den brauche ich.«

Ladenberg verließ den Raum und kehrte einige Minuten später mit einer Tasse und einem Kollegen zurück, der ebenfalls zwei Tassen Kaffee balancierte.

»Kommissar Mahnkopf«, stellte der Mann sich vor.

Ich nickte ihm zu. Was wurde hier gespielt? Die beiden Kommissare setzten sich mir gegenüber. Mahnkopf war vielleicht fünf, sechs Jahre jünger als Ladenberg.

»Sie wissen, wo Sie sind?«, fragte mich Ladenberg. Sein volles, dunkelblondes Haar war ordentlich gescheitelt und mit einem nassen Kamm gekämmt. Seine Augen waren stahlgrau, sein Blick schien direkt in mein Gehirn zu schauen. Er trug ein kurzärmliges, blau-weiß gestreiftes Hemd mit Krawatte.

Kollege Mahnkopf war lässiger. Er hatte locker geföhnte, dunkle Haare und trug sein rot-weiß kariertes Hemd mit hochgekrempelten Ärmeln eine Spur zu weit offen, so dass man einen exklusiven Blick auf seine behaarte Brust und das Goldkettchen hatte, das er um den Hals trug. Mahnkopf war eher der athletische Typ, breite Schultern und ausgeprägte Oberarmmuskeln.

Frau Wiesner verschwand geradezu zwischen den beiden Männern, sie machte einen verhuschten Eindruck, wobei ich nicht hätte benennen können, woran das lag. Vielleicht einfach an ihrem schlammfarbenen Sommerkleid, das keinen guten Kontrast zu ihrem blassen Teint bot. Merkwürdig, was einem alles so einfällt, wenn man nicht so richtig weiß, was man denken soll.

Ich lehnte mich zurück und versuchte mich zu wappnen gegen das, was da kommen mochte. Aber konnte man sich auf das, was da kam, überhaupt vorbereiten?

»Ich bin beim Landeskriminalamt«, sagte ich. »Draußen steht ›Sonderermittlungen‹ an der Tür.«

»Ja«, sagte Mahnkopf, »so kann man das nennen. Sie sind bei der Mordkommission. Die Kripo hat ihre Ermittlungen im Todesfall Claudia Martens an uns übergeben.«

»Wieso?«

Ladenberg musterte mich. Ich spürte seinen zweifelnden Blick mehr, als dass ich ihn sah.

»Frau Wiegand, es steht zweifelsfrei fest, dass Ihre Tochter Claudia vergiftet worden ist.«

»Ja klar.« Das war schließlich nichts Neues.

»Die Obduktion hat ergeben, dass Ihre Tochter vorsätzlich mit Arsen vergiftet wurde.«

Er hätte auch sagen können mit E 605, mit Domestos oder Rattengift, mit Zyankali oder Belladonna. Für mich war ein Gift wie das andere.

»Worin befindet sich Arsen?«, fragte ich.

»Die Kollegen haben zunächst vermutet, dass Ihre Tochter langsam durch Kontakt mit Blei oder Kupfer vergiftet wurde. Arsen wird Blei- und Kupferverbindungen zugesetzt, um deren Festigkeit zu erhöhen. Aber das können die Gerichtsmediziner inzwischen einwandfrei ausschließen. In Claudias Magenflüssigkeit befanden sich siebenhundert Milligramm Arsen pro Kilogramm Körpergewicht. Bereits sechzig bis hundertsiebzig Milligramm davon wären tödlich gewesen.«

»Arsen?« Ich fasste nicht so ganz, was mir der Ladenberg da gerade versucht hatte zu erklären. »Wo kommt denn das her?«

»Das wollen wir von Ihnen wissen«, sagte Ladenberg.

»Ja, aber, ich habe keine Ahnung. Ist das Zeug nicht verboten?«

»Weitgehend«, sagte Ladenberg.

»Sie müssen sich irren, wie soll meine Tochter denn an Arsen gekommen sein?«

»Es ist ihr oral verabreicht worden.«

»Quatsch.«

»Die moderne Technik der Atomabsorptionsspektrometrie hat das ganz eindeutig festgestellt. Das ist eine Konzentration, die ausgereicht hätte, zwanzig Menschen zu töten.«

»Das kann doch, also, das kann sich doch nur um einen Fehler des Labors handeln.«

»Nein, das ist mehrfach überprüft worden«, sagte Mahnkopf. »Es handelt sich ganz eindeutig um Mord.«

Der Raum begann, um mich zu kreisen.

»Aber warum haben die Ärzte das denn nicht bemerkt? Gibt es da kein Gegengift?«

»Wer kommt denn auf die Idee, dass ein zwölfjähriges Mädchen vorsätzlich mit Arsen vergiftet wurde. Das Gift ist seit Jahren weder in reiner Form noch als Rattengift oder Insektizid auf dem freien Markt zu kaufen.«

»Äh … Aber wann … wo … wie …?« Ich war wie vor den Kopf geschlagen. In meinen Ohren summte ein Mückenschwarm.

»Jetzt kommen wir zu des Pudels Kern«, sagte Ladenberg. »Das Gift kann ihr nur nach neunzehn Uhr am Freitag verabreicht worden sein, sagen die Toxikologen.«

Ich starrte den Mann blicklos an. Freitag, neunzehn Uhr. Aber da waren wir doch alle zusammen, Claudi, Wölfchen, Jürgen und ich. Da war kein Fremder, niemand von außen, nur wir vier. Nur wir drei. Nur wir drei.

Langsam tröpfelte die Erkenntnis in mein Gehirn. Nur wir drei. Einer von uns musste Claudi das Gift verabreicht haben. Ich schüttelte langsam den Kopf. Dann immer schneller. »Nein«, sagte ich. »Nein!« Ich schrie es. »Nein, nein, nein. Das kann nicht sein. Wir alle haben Claudi geliebt.«

Wieso sollte einer von uns? Wir drei? Das hieß im Klartext, einer von den beiden Männern. Wölfchen oder Jürgen. Nein, Quatsch, das konnte nicht sein, das konnte einfach nicht sein!

Deshalb haben sie uns alle zur selben Zeit hierhergebracht, schoss es mir durch den Kopf. Sie wollten, dass wir uns gegenseitig beschuldigten. Und dann abwarten, was passierte. Das mit dem Arsen war eine Lüge, weil sie unsere Reaktion sehen wollten. So musste es sein, alles andere war undenkbar.

»Netter Versuch«, sagte ich lächelnd. »Aber das können Sie vergessen, niemand hatte einen Grund, Claudi, ein zwölfjähriges, unschuldiges Mädchen, umzubringen.«

»Unschuldig?«, fragte Ladenberg.

Mir wurde heiß. Was zum Teufel sollte das heißen? »Ja, verdammt noch mal, sie war ein süßes, liebes, unschuldiges Kind. Wer hat einen Grund, meine geliebte Tochter umzubringen?«

»Sie wissen ja bereits, dass Ihre Tochter keine Jungfrau mehr war. Könnte sie vielleicht missbraucht worden sein?«

Dachten die etwa, dass einer meiner Männer? So ein Unsinn, so ein hirnverbrannter Unsinn.

»Das mit dem Arsen hätten wir doch merken müssen«, sagte ich. »Wie soll Claudi damit vergiftet worden sein?«

»Da gibt es verschiedene Möglichkeiten: in dem Apfelsaft, den Ihre Tochter getrunken hat, im Eis oder in der Kirschsauce. Die Pizza scheidet wohl aus«, sagte Mahnkopf.

»Aber so was schmeckt man doch!«

»Arsenik ist geruchs- und geschmacklos und in vorangegangenen Jahrhunderten das Mordgift erster Wahl. So lange, bis man das im Körper des Opfers nachweisen konnte«, sagte Ladenberg.

»Und wo bekommt man Arsen her?«, fragte ich. Allein an meinen Fragen hätten die merken müssen, dass ich mich mit Giften nicht auskannte.

»Sie waren noch sehr jung, als Sie Ihre Tochter bekommen haben. Ich nehme an, das Kind war nicht geplant?«, fragte Ladenberg.

In meinem Kopf überschlugen sich die Gedanken. Glaubten die jetzt etwa, ich hätte mein Kind getötet? Das war doch absurd.

»Ich habe Claudi über alles geliebt«, sagte ich.

»Sie waren siebzehn, wenn ich richtig gerechnet habe«, sagte Mahnkopf. »Und Ihr Mann war dreizehn Jahre älter, oder?«

»Ja, und?«

»Sie mussten also heiraten«, stellte Ladenberg fest.

»Was wollen Sie damit sagen?«

»Das war doch sicher kein guter Start für Sie ins Erwachsenenleben«, sagte Mahnkopf. »Während Ihre Freundinnen sich in Diskotheken vergnügten, mussten Sie sich um ein kleines Kind kümmern.«

Ich nickte. »Das stimmt. Aber mein kleines Engelchen hat mich dafür mehr als entschädigt.«

Ich spürte den bohrenden Blick von Ladenberg. »Und als Ihre Freundinnen sich mit jungen Männern vergnügten, hatten Sie die Pflichten einer Ehefrau zu erfüllen.«

»Was meinen Sie damit? Eheliche Pflichten – oder was soll ich darunter verstehen?« Ich merkte, dass ich langsam aggressiv wurde.

»Sie saßen zu Hause, kochten, putzten und kümmerten sich um ein Baby.«

»Ja, und ob Sie es glauben oder nicht: Es hat mir Spaß gemacht.«

»Aber so glücklich kann Ihre Ehe ja nicht gewesen sein, wenn Sie sich vier Jahre später scheiden ließen«, sagte Ladenberg. Ich wäre jede Wette eingegangen, dass der Kerl geschiedene Frauen einfach asozial fand.

»Wir sind gute Freunde geblieben.«

»Herr Wiegand hat einen beträchtlichen Teil seiner Einkünfte an Sie als Unterhalt gezahlt«, sagte Ladenberg. Sie hatten sich also bereits über unsere Finanzen schlau gemacht.

»Er hat Claudi geliebt, er wollte, dass es ihr gut geht.«

»Sie hatten das gemeinsame Sorgerecht für Ihre Tochter, gab es da nicht Unstimmigkeiten?«

»Nein, nicht eine Sekunde. Wir sind bis heute befreundet, und wir haben uns wegen Claudi nicht ein einziges Mal gestritten.«

»Aber als Sie sich haben scheiden lassen, waren Sie einundzwanzig Jahre alt, also gerade volljährig geworden«, sagte Ladenberg.

»Ja, und?«

»Hatte Ihre Scheidung vielleicht etwas mit Ihrer Volljährigkeit zu tun?«

Ich schüttelte den Kopf.

»Hatte Ihr Mann Ihnen verboten, zur Schule zu gehen? Oder eine Berufsausbildung zu machen?«

»Mein Exmann ist Lehrer. Auch wenn man als Ehefrau bis vor kurzem theoretisch die Einwilligung des Mannes für eine Berufsausübung brauchte, Jürgen hatte nie etwas dagegen, dass ich zur Schule ging oder einen Beruf erlernte. Im Gegenteil. Ich habe wegen der Schwangerschaft meine Schulausbildung abbrechen müssen, wir hatten deshalb vor unserer Heirat vereinbart, dass ich wieder zur Schule gehen könnte, wenn Claudi in den Kindergarten käme.«

»Ist es richtig, dass Ihr Ehemann früher Ihr Lehrer war?«

»Stimmt.« Als ich in die Gesichter der Männer blickte, konnte ich förmlich sehen, welch eine Story sie sich da gerade zusammenreimten. Eine, die wahrscheinlich sehr nah an der Realität war.

»Ich könnte es ja sehr gut verstehen, wenn Sie sich in so jungen Jahren mit einem Kind überfordert gefühlt hätten«, sagte Mahnkopf.

»Nicht mehr als jede andere Mutter auch, das soll nämlich hin und wieder bei Müttern von Kleinkindern vorkommen.«

»Und später? Stand das Kind nicht im Weg? Sie waren jung, Sie gingen wieder zur Schule, gab es da nicht Flirts, Verabredungen, den einen oder anderen Liebhaber?«

»Ich bin keine Schlampe«, sagte ich. Schlampe, so hatte mein Vater mich genannt. Ladenberg war in etwa im Alter meines Vaters. Er schien ähnliche Moralvorstellungen zu haben wie mein Erzeuger.

»Das hat auch niemand behauptet. Aber so ein Kind stört doch sicher, wenn man einen netten Mann kennenlernt«, sagte Mahnkopf.

»Nein, Claudi hat nie gestört, wenn ich mit jemandem ausgehen wollte, dann habe ich mich mit Jürgen arrangiert.«

»Und Ihre Liebhaber hat es nicht gestört, dass Sie ein Kind hatten?«

»Offensichtlich nicht. Falls es Ihnen entgangen sein sollte, seit vier Jahren lebe ich mit Wolfgang Martens zusammen.«

»Den hat Claudia also nicht vergrault?«

»Wieso vergrault? Claudia hat Wölfchen vom ersten

Tag an gemocht und ihn als ihren zweiten Papa akzeptiert.«

»Und warum leben Sie mit ihm bis heute in wilder Ehe?«, fragte Ladenberg.

Wusste ich doch, Moralvorstellungen von gestern. Ich wollte schon den Mund öffnen und eine patzige Bemerkung rauslassen. Was bildete dieses Arschloch sich eigentlich ein? Aber ich biss mir auf die Zunge. Es brachte nichts, wenn ich wütend wurde. Wahrscheinlich wollte er mich nur provozieren. Ich atmete tief durch und schaute durch das nicht gerade saubere Fenster.

Vor etwas mehr als vier Jahren hatte ich Wölfchen kennengelernt. Er war genau wie ich ein Fan von Folkmusik, wie man sie jeden Abend live im *Go In* auf der Bühne erleben konnte. Ich hatte ihn schon mehrmals in dem Folkclub in der Bleibtreustraße gesehen. Er fiel mir auf, weil er im Gegensatz zu den meisten Besuchern gepflegt aussah, was vor allem daran lag, dass er seine Studentenzeit bereits hinter sich gelassen hatte und einem regulären Job als Ingenieur nachging. Ich hatte ihn mit meiner flapsigen Berliner Art angepflaumt: »Na, extra frisch geduscht?«

Aber der Mann war nicht auf den Mund gefallen, er hatte zurückgepampt: »Na klar, ich wollte heute noch ne Schnecke angraben, hast du später noch was vor?«

Mir gefiel diese direkte Art, mit schüchternen Männern konnte ich noch nie etwas anfangen. Ich ließ mich von ihm auf ein Bier einladen. Es wurden mehrere, und so landeten wir schließlich um vier Uhr morgens in seiner Wohnung.

Getreu dem Rat meiner Freundin: Wenn du einen Kerl aufreißt, nimm ihn niemals mit zu dir, sonst wirst du ihn schlecht wieder los. Außerdem hatte dieses Verfahren noch einen Vorteil: Sage mir, wie du wohnst, und ich sage dir, wer du bist. Wölfchens Wohnung war ein Musterbeispiel von Sauberkeit und Ordnung. Und er hatte Geschmack, wie ich mit einem schnellen Blick durch die Örtlichkeiten feststellen konnte. Auch sonst passte alles prima, er konnte sogar Frühstück machen. Als ich ihn um halb fünf am Sonntagnachmittag verließ, sagte ich ihm, dass ich jetzt mein Kind von seinem Vater abholen müsse. Wölfchen zuckte nicht mal. Er fragte, wie mein Kind hieße und wie alt es sei. »Du bist geschieden?«, fragte er noch.

Am Wochenende gingen wir zu dritt einmal rund um den Grunewaldsee spazieren. Claudi schien Wölfchen auf Anhieb ins Herz zu schließen. Sie rannte immer wieder zu ihm, zeigte ihm Blätter und wollte wissen, von welchem Baum sie waren. Gemeinsam brachten wir dann Claudi zu Jürgen, der uns beide spontan einlud, zum Abendessen zu bleiben. Es wurde ein langer Abend mit viel Wein und Spaghetti Bolognese. Die beiden Männer hatten sich sofort gemocht. Seit diesem Abend waren die beiden befreundet, und drei Monate später zog Wölfchen bei mir ein. Es gab niemals so etwas wie Eifersucht, weder zwischen den Männern noch zwischen Wölfchen und Claudia. Später hat Wölfchen mir gestanden, dass er sich immer Kinder gewünscht habe, aber zeugungsunfähig war. Er war also der ideale Stiefvater für mein Kind.

Ich blickte Ladenberg an. Wieso ich immer noch mit Wölfchen in wilder Ehe lebte?

»Reicht es nicht, wenn man weiß, dass man zusammengehört?«, fragte ich ihn. Hätte ich ihm an den Kopf werfen sollen, dass es einfach absolut out war zu heiraten? Einfach nur spießig? Ich ließ es bleiben.

Die beiden Kommissare versuchten mich in die Enge zu treiben. Sie wollten mir ein Mordmotiv anhängen, und die Taktik hieß offensichtlich, mich zu provozieren. Ich war einfach nur müde, das alles brachte mir meine Claudia nicht zurück.

Und dann ging es noch einmal von vorne los. Die letzten Stunden meiner Tochter wurden wieder und wieder durchgekaut. Jedes Detail wurde nachgefragt, protokolliert von der Frau in dem schlammfarbenen Kleid.

Ob ich mir vorstellen könne, dass einer der beiden Männer meine Tochter vergiftet habe. Was für eine Frage. Als ob ich mit einem potenziellen Mörder zusammengelebt hätte oder von einem solchen ein Kind bekommen hätte. Das Labor musste einen Fehler gemacht haben, eine andere Möglichkeit sah ich nicht.

Zum Schluss kamen Fragen, die ich zunächst nicht einordnen konnte. Nach meinem Beruf, nach meinen Eltern, nach den Freunden meiner Tochter. Bis ich verstand: Sie wollten wissen, ob ich irgendwo Zugriff auf Arsen hätte haben können. Während ich bei allen anderen Fragen für mein Gefühl in der Defensive gewesen war, in dieser Beziehung konnte ich wirklich reinen Gewissens sagen: Ich habe absolut keine Ahnung, wie man an Arsen kommen könnte.

Als ich endlich nach Hause durfte, war es draußen bereits dunkel. Sie hatten mich erkennungsdienstlich behandelt, um auszuschließen, dass ich die Täterin war: Sie hatten meine Fingerabdrücke genommen und mich fotografiert. Auch ohne dass es mir einer ausdrücklich bestätigt hatte, war mir klar, dass ich ab sofort als Verdächtige galt. Verdächtigt, mein eigenes, geliebtes Kind ermordet zu haben.

STREIT

Eineinhalb Stunden später kam Wölfchen nach Hause. Obwohl unser Italienurlaub noch nicht lang her war, sah er blass aus wie ein Krankenhaushemd. Ohne ein Wort ging er in die Küche. Ich folgte ihm.

»Bist du jetzt auch verdächtig?«, fragte ich ihn.

Er nahm sich ein Bier aus dem Kühlschrank und setzte sich damit auf den wackligen Küchenstuhl, den er seit Monaten hatte reparieren wollen.

Wölfchen schüttelte den Kopf. »Was heißt hier auch. Ich bin total erledigt. Die glauben, ich hätte Claudi ermordet.« Er sah mich mit rotgeweinten Augen an. »Glaubst du das etwa auch?«

»Nein, nein, natürlich nicht«, sagte ich und setzte mich zu ihm. »Mich verdächtigen sie auch. Sie suchen nach einer Erklärung, das ist alles«, versuchte ich, ihn zu beruhigen. Ich legte ihm die Hand auf den Arm und spürte, wie er zitterte.

»Babs, hast du es immer noch nicht kapiert? Einer von uns dreien muss es gewesen sein. Wenn du und ich ausscheiden, bleibt nur Jürgen übrig. Glaubst du etwa, Jürgen hat Claudi umgebracht?«

»Nicht eine Sekunde, er hat seine Tochter über alles geliebt.«

»Du weißt, dass sie mein Beutekind war, du weißt, wie sehr ich die Kleine ins Herz geschlossen habe.«

»Wie sehr?«, fragte ich ihn.

»Was meinst du damit?«

»Wölfchen, ich versuche, das alles zu verstehen. Wieso bringt jemand ein zwölfjähriges Mädchen um? Weshalb sollte jemand so etwas tun?«

»Das frage ich mich auch die ganze Zeit. Es kann sich nur um einen Fehler von dem Labor handeln. Oder jemand hat das Eis vergiftet oder den Apfelsaft. Es gibt doch diese Erpresser, die Supermarktketten oder Lebensmittelhersteller erpressen. Ich glaube einfach nicht, dass Claudi vorsätzlich vergiftet worden ist.« Wölfchen war den Tränen nahe.

»Aber die Kriminalpolizei hat doch alles mitgenommen, sie haben in keinem der Lebensmittel Gift gefunden. Es muss in der Kirschsauce gewesen sein, das ist das Einzige, was nur sie gegessen hat«, gab ich mutlos zu bedenken.

»Wie soll es da reingekommen sein, die Flasche war leer, ich habe sie selbst im Müll entsorgt!«

»Du weißt, dass sie keine Jungfrau mehr war?«

Wölfchen nickte. »Das habe ich mir jetzt stundenlang anhören müssen. Sie glauben, ich hätte das Kind missbraucht.«

Ich fragte ihn nicht: Und, hast du? Ich schwieg einfach.

»Ich weiß nicht, wie ich beweisen soll, dass ich die Kleine nicht angerührt habe. Nicht im Traum hätte ich daran gedacht, Claudi etwas anzutun, das glaubst du mir doch, oder?«

Er war so verzweifelt, dass ich ihm glaubte.

»Ich hätte doch was gemerkt, wenn du es getan hättest«, sagte ich, wie um mich selbst zu beruhigen.

Wölfchen nickte.

»Und Claudi hätte es mir erzählt. Oder zumindest angedeutet, da bin ich ganz sicher.« Hundert Prozent sicher war ich mir zwar nicht, aber das sagte ich nicht.

»Kannst du dir vorstellen, dass Jürgen seine Tochter missbraucht hat?«, fragte er.

»Nein!«, sagte ich im Brustton der Überzeugung.

»Obwohl er bekanntlich auf blutjunge Mädchen steht.«

»Du glaubst doch nicht im Ernst, dass …«

»Babs, da du deine Tochter nicht vergiftet hast und ich ebenfalls nicht, bleibt doch nur noch Jürgen.«

»Ich glaube weder, dass Jürgen noch du daran schuld bist.«

»Und wenn Jürgen seine Tochter missbraucht hat und sie gedroht hatte, es dir zu erzählen?«

»Quatsch, das ist so wahrscheinlich wie ein Besuch vom Mars.«

»Aber …« Er stützte den Kopf in die Hände und begann zu schluchzen.

»Wölfchen«, sagte ich und streichelte ihm den Rücken. »Komm, geh schlafen, es wird sich alles aufklären.«

»Du gibst mir doch schon seit Tagen die Schuld«, sagte er.

Ich schüttelte den Kopf. »Nein, das tue ich nicht.«

»Aber du schläfst nicht mehr mit mir in einem Bett, du ziehst dich total zurück in Claudias Zimmer, gehst mir aus dem Weg. Du hast mich sogar gefragt, ob ich die Currywurst vergiftet habe.«

»Das habe ich dich nicht gefragt!«, behauptete ich.

»Doch, das hast du!«

Hatte ich das getan? Ich konnte mich nicht daran entsinnen.

In dem Moment klingelte es. Jürgen. Ich wusste es, bevor ich durch den Spion schaute. Ich öffnete die Tür. Jürgen war genauso blass wie Wölfchen. »Darf ich reinkommen?«

Was für eine Frage.

»Wir sind in der Küche«, sagte ich. »Willst du ein Bier?«

»Könnte ich brauchen.«

Wölfchen und Jürgen sagten »Hallo«, nicht: »Wie war's bei dir?« Ich hatte das Gefühl, dass ich ihre Gedanken sehen konnte.

Die unausgesprochenen Fragen hingen in der Luft wie Gewitterwolken. Keiner sprach ein Wort, bis ich das Schweigen brach. »Ich bin davon überzeugt, dass das Labor einen Fehler gemacht hat. Niemand von uns hatte einen Grund, Claudi zu vergiften.«

Die beiden Männer starrten einander weiter an, während ich ein Glas für Jürgen aus dem Schrank holte.

»Los, sag was, hast du meine Kleine angerührt?«, fragte Jürgen.

»Das fragst du mich jetzt nicht im Ernst, oder? Im Gegensatz zu dir stehe ich nicht auf kleine Mädchen.«

»Was willst du denn damit sagen?« Jürgen funkelte Wölfchen wütend an.

»Du weißt genau, was ich damit sagen will. Wenn hier jemand Claudi angerührt hat, dann du.«

»Spinnst du, Claudi ist meine Tochter!« Jürgen schob seinen Stuhl zurück und stand auf. »Das war es dann wohl, ich dachte, wir könnten vernünftig miteinander reden. Aber so einen Scheiß muss ich mir nicht bieten lassen.«

»Du hast mir doch eben unterstellt, dass ich deiner Kleinen was angetan hätte.« Jetzt war auch Wölfchen aufgestanden.

»Hört auf!«, rief ich. Ich hatte Angst, dass die beiden sich gleich prügeln würden.

»Los, hau ab, ich will dich hier nie wieder sehen!«, sagte Wölfchen.

»Moment mal, also jetzt reicht's!«, sagte ich. »Noch ist das meine Wohnung. Und wen ich hier nicht mehr sehen will, das bestimme ich. Wenn dir das nicht passt, Wolfgang Martens, dann will ich dich hier nicht mehr sehen. Habe ich mich klar ausgedrückt?«

»So, so, es ist also deine Wohnung, ja? Wenn ich mich recht entsinne, dann bezahle ich die Hälfte der Miete.«

»Also genau genommen ist das meine Wohnung«, sagte Jürgen.

»Wieso?«, fragte Wölfchen.

»Weil der Mietvertrag immer noch auf mich läuft.«

»Setzt euch doch wieder hin, verdammt noch mal!« Jetzt war ich laut geworden.

»Ihr könnt mich mal …«, sagte Jürgen und stapfte durch die Tür.

Ich lief ihm hinterher. »Warte doch …«

An der Wohnungstür drehte er sich um. »Wie kannst du es mit ihm nur eine Sekunde länger hier aushalten. Du weißt, dass du immer zu mir kommen kannst.«

Ich nickte. »Erhol dich«, sagte ich und schloss die Tür hinter ihm.

»Wieso weiß ich nicht, dass der Mietvertrag auf ihn läuft?« Wolf war ebenfalls in den Flur getreten.

»Weil du nie gefragt hast.«

»Aber wieso hast du den denn nicht auf dich umschreiben lassen?«

»Wozu? Wir zahlen deshalb so wenig Miete. Jürgen hat die Wohnung seit 1967. Du weißt doch, wie es auf dem Wohnungsmarkt aussieht. Du kannst froh sein, wenn du nur einen Mieter über dir hast. Jürgens Wohnung in der Rückertstraße ist von einem Freund, der sie von einem Bekannten gemietet hat, der den Vertrag von seinem Vater übernommen hat. So läuft es nun mal hier. Versuch mal, eine bezahlbare Wohnung zu bekommen, entweder du zahlst zehntausend Mark Abstand für eine Palisanderschrankwand von 1958, oder du wohnst im letzten Loch mit Klo eine Treppe tiefer.«

Ich wollte in Claudias Zimmer fliehen; aus dieser Unterhaltung, aus diesem Zwiespalt und in diesem Moment vielleicht sogar aus unserer Beziehung.

»Ich glaube, wir brauchen ein wenig Abstand«, sagte Wölfchen. Er verschwand im Schlafzimmer.

»Mach doch, was du willst!«, sagte ich und schloss Claudias Zimmertür hinter mir.

Am nächsten Morgen war Wolf nicht mehr da. Er hatte ein paar Sachen zusammengepackt und die Wohnungstür hinter sich zugeworfen.

Ich lag auf Claudis Bett und starrte Shakin' Stevens an. Der ganze Tag kam mir surreal vor. Merkwürdigerweise hatten die Ereignisse und Erkenntnisse des Tages mich abgelenkt von meiner Trauer. Noch immer wusste ich nicht, wann ich meine Tochter beerdigen konnte.

Drei Tage später gab die Staatsanwaltschaft die Leiche frei.

DIE BEERDIGUNG

Mit Lorettas Hilfe habe ich Claudias Freundinnen und Freunde zur Beerdigung eingeladen. Das waren nicht nur ihre ehemaligen Klassenkameraden, sondern auch die Mädchen aus dem Badminton-Verein, in dem Claudi und Loretta waren. Meinen Eltern hatte ich kommentarlos eine gedruckte Einladung geschickt. Der Anruf, der dem folgte, hatte Charme.

»Bist du wahnsinnig, so eine Nachricht per Brief zu versenden. Dein Vater hat fast einen Herzinfarkt gekriegt, du weißt doch, dass er ein schwaches Herz hat.« O-Ton meiner Mutter. Kein »Herzliches Beileid«, kein »Wie geht es dir?«, kein Bedauern. Ich hatte Papa einen Schreck eingejagt, das war die größte anzunehmende Katastrophe im Leben meiner Mutter.

»Du verstehst, dass wir nicht zur Beerdigung kommen können, das ist zu viel für Papas Herz.«

Ja, ist klar. Gott sei Dank. Ich glaube, ich hätte die Beerdigung zusammen mit meinen Eltern nicht überlebt. Oder einer der beiden hätte nicht überlebt. Vielleicht sogar beide nicht.

Der Oktobertag war so kalt wie mein Herz. Die Sonne

hatte sich hinter grauen Wolken versteckt, es sah nach Regen aus. Die Kapelle auf dem Friedhof in der Bergstraße war bis auf den letzten Platz besetzt. Hinten standen die Menschen in Zweierreihen. Es waren nicht nur Claudias Freunde, sondern auch Nachbarn gekommen, um Abschied von meiner Tochter zu nehmen. Und natürlich waren da unsere Freunde, die von Wölfchen, die von Jürgen und meine und unsere. Einige Kollegen. Auch Vertreter der Presse waren vertreten. Der Giftmord an einer Zwölfjährigen hatte für ein gehöriges Rauschen im Berliner Blätterwald gesorgt. Ich hatte das erst kurz vor der Beerdigung mitbekommen, da mich die Nachrichten aus Berlin und der Welt ausnahmsweise nicht interessiert hatten. Unsere abonnierten Zeitungen landeten, seitdem Claudi nicht mehr da war, ungelesen im Müll. Das mediale Interesse erstaunte mich nicht, schließlich war das mein Beruf, aber ich hatte schlicht nicht darüber nachgedacht, dass wir sozusagen zu Personen des öffentlichen Interesses geworden waren. Auf Interviewanfragen hatte ich einfach gar nicht reagiert.

Und natürlich waren Ladenberg, Mahnkopf und ein paar ihrer Kollegen zur Beerdigung gekommen. Sie beobachteten uns mit Argusaugen.

Wie weint man in echt, wenn man so im Fokus steht? Wie trauert man glaubhaft so, dass alle es mitkriegen? Jürgen und ich saßen Seite an Seite. Am liebsten hätte ich seine Hand genommen. Ich spürte durch das dicke Leder seiner Jacke, dass er zitterte. Er gönnte den Gaffern keine

Träne. Links von mir saß Wölfchen. Blass und starr. Er griff nicht nach meiner Hand. Vielleicht hatte er Angst, dass ich sie wegziehen würde.

Die Trauerrede des Pfarrers war so kurz wie das Leben meiner Tochter. Wir waren nicht gläubig, aber Jürgen hatte dem Mann die Stichpunkte geliefert, so wie er die gesamte Organisation der Beisetzung übernommen hatte. Der Pfarrer redete von Claudias Liebe zu Tieren, wie untröstlich sie gewesen war, als ihr Meerschweinchen starb, von ihrer Leidenschaft für Badminton und von ihrer Vorfreude auf das Gymnasium. Einige Tage zuvor hatte ich ein Lied im Radio gehört, von dem ich dachte, dass es meiner Tochter gefallen würde. Es drückte das aus, was ich fühlte. Und so erklang Mike Oldfields »Moonlight Shadow« als Abschiedslied in der Kapelle.

I stay, I pray,
See you in heaven far away
I stay, I pray
See you in heaven one day

Ja, meine Kleine, ich werde dir folgen, und dann sind wir wieder zusammen.

UNTERSUCHUNGEN

Einen Tag nach der Beerdigung gab es eine erneute Hausdurchsuchung. Was suchten sie denn nun noch? Der zentrale Dreh- und Angelpunkt war natürlich das Arsen. Wo kam es her? Wer von uns dreien hatte eine Gelegenheit gehabt, an das Arsen zu gelangen?

Ich saß auf dem Sofa und sah zu, wie sie in meiner Wohnung jedes Kissen und jedes Buch umdrehten. Wo mein Lebensgefährte sich aufhalte? Ob es eine andere Wohnung gebe? Und Ihre Eltern? Wo wohnen sie? Und seine Eltern?

Meine Eltern wohnten in Stuttgart. Seine Eltern hatten ein Haus in Frohnau. Ich gab ihnen die Adressen. Ich beantwortete alle Fragen. Sie gingen erst Stunden später. Mit nichts in der Hand. Was hätten sie auch finden sollen? Wir hatten nicht mal Rattengift im Keller.

Wölfchen war nicht mehr zurück in die Wohnung in der Muthesiusstraße gekommen. Er hatte sich ein möbliertes Apartment am Hindenburgdamm gemietet.

»Du brauchst deine Ruhe, und ich kann nicht mit Verdächtigungen leben«, war seine Begründung gewesen.

Am Anfang war ich froh gewesen, dass er ausgezogen

war. So war ich mit meinen Gedanken, meinen Erinnerungen und meiner Trauer allein und konnte mich ihnen vollkommen hingeben. Ich war nach wie vor krankgeschrieben, es schien mir undenkbar, zurück zum Nachrichtentisch bei dpa zu kehren.

Jürgen kam ab und an vorbei, aber die Verdächtigungen standen auch zwischen uns wie eine unüberwindbare Mauer. Wölfchen hatte nicht unrecht gehabt, Jürgen stand auf blutjunge Mädchen, das ließ sich nicht wegdiskutieren. Allerdings konnte ich mir beim besten Willen nicht vorstellen, dass mein Jürgen sich an seiner Tochter vergangen hatte. Das hatte Jürgen nicht nötig, er hatte meist Freundinnen gehabt, die unter zwanzig waren. Ich habe nie gefragt, ob darunter auch Schülerinnen von ihm waren. Ließ die Katze das Mausen nicht?

Meine Gedanken drehten sich im Karussell. War vielleicht eines der Lebensmittel, die wir gegessen hatten, bereits im Supermarkt vergiftet worden? Vielleicht von einem Erpresser? Auch wenn sich das zunächst anfühlte wie ein Hoffnungsschimmer, so musste ich zugeben, dass das nicht möglich gewesen war. Das Eis, das wir am Morgen aus der Metro mitgebracht hatten, war von der Polizei mitgenommen und untersucht worden. Alle anderen Lebensmittel hatten sie ebenfalls mitgenommen, mit Ausnahme der Kirschsauce, deren Flasche Wölfchen unglücklicherweise am Samstagmorgen entsorgt hatte. Immer und immer wieder ging ich meine eigene Erinnerung durch. Wenn ich mich richtig entsinnen konnte, hatte Jürgen das Eis für

Claudi zubereitet. Aber was hieß das schon? Die Sauce hätte vorher vergiftet werden können, jeder im Haushalt wusste, dass diese ekelhaft süße, klebrige Sauce ausschließlich unserer Tochter schmeckte. Die Flasche Apfelsaft, aus der meine Tochter getrunken hatte, war ebenfalls bei den Polizeitechnikern gelandet. Was war mit den Magentropfen?

Auch die hatten die Kriminaltechniker mitgenommen. Aber halt! Es gab zwei Flaschen von diesen tintenblauen Tropfen. Die, die ich vor dem Urlaub in der Apotheke für Wölfchen gekauft hatte, die aber erst angebrochen wurde, als Wölfchen das zweite Glas mit dem lauwarmen Wasser mixte. Diese Flasche hatte sich in meinem Kulturbeutel im Schlafzimmer befunden, den ich am Freitag noch gar nicht geöffnet hatte. Diese Flasche hatte die Polizei mitgenommen. Aber die ersten Magentropfen stammten noch aus Wölfchens angebrochener Flasche, die er nach seiner morgendlichen Rollkur in den Medizinschrank vom Bad gestellt hatte. Hatte die Polizei die ebenfalls mitgenommen? Oder hatte Wölfchen diese Flasche auch im Müll entsorgt?

Hatte es jemand vielleicht gar nicht auf Claudia abgesehen, sondern auf Wölfchen? Jeder, der jemals auf unserer Toilette gewesen war, hätte Gift in das Fläschchen geben können. Aber das hieß, nach einem anderen Motiv zu suchen. Doch nach welchem? Ich rief Mahnkopf an und fragte nach der Flasche Azupanthenol.

Alle unsere Freunde und die Familie wussten von Wölfchens chronischer Magenschleimhautentzündung, die er mit regelmäßigen morgendlichen Rollkuren in den Griff zu bekommen versuchte.

Es stellte sich heraus, dass nur ein Fläschchen Azupanthenol von der Polizei sichergestellt worden war. Also rief ich Wölfchen bei Flohr-Otis an, da er in seiner neuen Bleibe noch kein Telefon hatte.

»Die Flasche Azupanthenol war leer, ich habe sie noch in der Nacht weggeworfen und, wie du weißt, den Müll am Morgen entsorgt.« Seiner Stimme fehlte jegliche Wärme.

»Wie geht es dir?«, fragte ich ihn.

»Bescheiden«, gab er zu.

Ich erzählte ihm von meinem Verdacht, dass vielleicht er und nicht Claudia das Ziel des Giftanschlags gewesen sein könnte.

»Wer sollte mir etwas antun wollen?«

»Sag du es mir. Aber meinst du nicht, dass es wahrscheinlicher ist, dass jemand einen fünfunddreißigjährigen Mann vergiften will als eine Zwölfjährige?«

»Eigentlich logisch. Aber mir fällt beim besten Willen niemand ein, der mir nach dem Leben trachten könnte. Außerdem – aus der fast leeren Flasche, die im Medizinschrank stand, habe ich mir am Morgen bereits meine Rollkur bereitet, ich hatte die auch mit in Italien.«

»Du fehlst mir«, sagte ich und meinte es in diesem Moment ehrlich.

»Du mir auch.«

»Willst du nicht wieder nach Hause kommen?«, fragte ich ihn.

»Sobald jeder Verdacht gegen mich ausgeräumt ist. Es kann nicht gutgehen, wenn du auch nur eine Sekunde den Hauch eines Verdachts hast, dass ich der Mörder deiner Tochter sein könnte. Oder das Kind missbraucht hätte. Das verstehst du doch, oder?«

Ich musste ihm leider recht geben. Noch schlimmer als die Einsamkeit wäre es, ihn ständig zu belauern, ihm nachzuspionieren oder ihm offensichtlich aus dem Weg zu gehen.

»Es tut mir leid«, sagte ich.

»Mir auch«, sagte er und legte auf. Wir hatten vier gute Jahre zusammen gehabt, glückliche, harmonische Jahre. In diesem Moment dämmerte mir, dass wir nie wieder zusammenkommen würden.

Ich saß in Claudis Zimmer auf ihrem Sitzsack und dachte nach. Kramte in den hintersten Gehirnzellen, ob es dort etwas gab, was mich weiterbringen würde. Wer hatte Zugang zu Arsen?

Ich holte mir bei *Kiepert* ein Buch über Gifte. Arsen, so las ich dort, dient zur Herstellung von Halbleiterelementen. Was sollte ich denn damit anfangen, ich hatte keine Ahnung, was Halbleiterelemente waren. Es wurde als Fungizid und Insektizid genutzt, zum Beispiel in der Haltbarmachung von Holz, im Weinbau und in der Medizin. Und als Rattengift. Allerdings waren diese Anwendungen inzwischen weitgehend verboten.

Aber wer konnte an Arsen herankommen? Diese Frage stellte nicht nur ich mir, sondern sich auch die Polizei.

Ich pustete die Kerze von Tante Hannelore aus Dresden aus. Moment mal, Hannelore war Jürgens Schwester. Sie arbeitete in irgendeinem Forschungsinstitut in Dresden. Was war das nur? Molekularelektronik? Ich konnte ja schlecht Jürgen fragen. Aber ich konnte meine Exschwägerin fragen. Natürlich hatte ich Hannelore über den Tod ihrer Nichte informiert. Sie hatte Claudi nicht öfter als viermal im Leben gesehen, West-Berliner konnten damals nur mit einem Tagesvisum in die DDR reisen und mussten das Land um Mitternacht wieder verlassen. Zuvor mussten wir einen Berechtigungsschein zum Empfang eines Visums der DDR beantragen. Wir hatten uns mit Jürgens Schwester in Ost-Berlin getroffen, wo sie im Hotel *Unter den Linden* wohnte. Jürgen war mit seinem Vater beim Mauerbau in West-Berlin gewesen, während seine Schwester zusammen mit ihrer Mutter in Ost-Berlin geblieben war. Der Vater hatte dafür gesorgt, dass Jürgen bei einem alten Freund der Familie in West-Berlin bleiben konnte, er selbst war zurück zu Frau und Tochter nach Ost-Berlin gegangen.

Aber selbst wenn Tante Hannelore in einem Forschungslabor mit Arsen arbeitete, wie sollte Jürgen dann da herankommen? Und wozu? Ein abgefeimter Mordplan unter Geschwistern? Nie und nimmer. Den Einfall konnte ich getrost wieder begraben. Natürlich wusste ich, dass Jürgen Chemie studiert hatte. Aber wenn er während seines Studiums oder sonst irgendwo mit Arsen in Verbindung gekommen wäre, hätte ihn die Polizei längst verhaftet. Meine Gedanken drehten sich im Kreis.

Denke nicht über das Arsen nach, überlege, wer ein Motiv hatte. Mir gefiel die Idee, dass einer unserer Besucher es auf Wölfchen abgesehen hatte. Aber wer und warum? Auf der anderen Seite stand immer noch eine andere Frage im Raum: Wer hatte meine kleine Tochter entjungfert? Ich hatte vorsichtig versucht, Loretta darauf anzusprechen. Aber bei allen Fragen, die in diese Richtung gingen, fing Loretta sofort heftig an zu weinen. Ich wusste nicht, wie ich das Mädchen direkt fragen sollte.

Langsam kam ich mir vor wie in einer Gummizelle. Ich lief gegen jede Wand, ohne mir eine blutige Nase zu holen. Und dann ging plötzlich alles ganz schnell. Wölfchen wurde verhaftet.

DIE VERHAFTUNG

Dass Wölfchen verhaftet wurde, habe ich nicht etwa von der Polizei, sondern aus der Zeitung erfahren. Und nicht aus dem *Tagesspiegel*, den wir abonniert hatten, der immer noch ungelesen in der Tonne verschwand, sondern die Nachricht sprang mich beim Einkaufen des Lebensnotwendigsten an.

»Verhaftung im Mordfall Claudi« prangte in großen Lettern auf der Titelseite der *BZ*. Die Schrift lief quer über ein Porträt meiner Tochter. Wie waren die an dieses Foto gekommen? Wer gab denen das Recht, meine Tochter Claudi zu nennen? Sie überhaupt zu nennen? Wie kamen die an diese Information? Wie betäubt griff ich zu dem Boulevardblatt.

»Stiefvater Wolfgang M. soll das Mädchen missbraucht haben.«

Wer behauptete das? Hatten die Beweise?

Ich blätterte weiter zur Innenseite, auf der der gesamte Fall nochmals als Fotogeschichte dargestellt wurde. Unter einem Foto von Jürgen stand: »Polizei tappte lange im Dunklen. Stand Claudi ihrem Vater Jürgen W. in einer neuen Beziehung im Weg? Mathelehrer beteuerte seine Unschuld.

Tatsache ist: Jürgen W., 42, liebt blutjunge Mädchen. Hatte sexuelle Beziehungen zu seinen Schülerinnen …«

Mir wurde schwindelig. *Armer Jürgen*, dachte ich, das kam einer öffentlichen Hinrichtung gleich. *Das wird dich deinen Job kosten.* Auch von mir gab es ein Foto, das sie auf der Beerdigung aufgenommen hatten. Darunter stand: »Barbara W., 29, die Mutter. Mit 17 war sie die Geliebte des Mathelehrers.«

Arschlöcher.

Und dann das Foto von Wölfchen. Ebenfalls mit Zoom auf der Beerdigung aufgenommen. Sein Kopf in Großformat. »Wolfgang M., 35, der Geliebte der Mutter.«

Der Geliebte? Wie konnte man jemanden, der seit vier Jahren der Lebenspartner war, als Geliebten bezeichnen?

»Er hatte das Motiv und die Gelegenheit. Stammte das Arsen aus dem Keller seiner Großeltern?«

Was war das jetzt für ein Quatsch? Ich bezahlte die *BZ* mit zitternden Fingern und lief schnurstracks nach Hause.

Als Erstes rief ich bei der Mordkommission an. Ich wollte Mahnkopf sprechen, er war derjenige, der mir von dem ganzen Haufen noch am sympathischsten war.

»Wie kommen Sie dazu, solche Informationen an die Zeitungen zu geben!«, schrie ich ihn ohne Vorrede an.

»Frau Wiegand, nehme ich an«, sagte Mahnkopf.

»Ich habe eben die *BZ* gelesen, wie können Sie so was zulassen. Das ist Rufmord!«

»Nun beruhigen Sie sich mal. Ich gebe zu, das ist nicht schön, aber wir können so etwas nicht verhindern.«

»Was heißt, Sie können es nicht verhindern? Erzählen Sie das Ihrem Friseur! Ich bin selbst Journalistin, das ist in höchstem Maße unseriös. Diese Nachrichten können nur aus Ihrem Haus stammen. Außerdem, wo haben die das Foto von meiner Tochter her? Und stimmt es, dass Herr Martens verhaftet wurde?«

»Eins nach dem anderen«, sagte Mahnkopf. »Ich habe keine Ahnung, wo die Medien sich die Fotos von Ihrer Tochter besorgt haben. Wahrscheinlich von ihren Freunden, Klassenkameraden? Die haben sie doch auf der Beerdigung angesprochen. Entsinnen Sie sich nicht?«

»Doch«, gab ich kleinlaut zu. Diese verdammten Kinder und ihr Hang zum Drama. Jetzt endlich waren sie mal wichtig und konnten im Licht der Medien leiden, heulen und jammern: *Ich war die beste Freundin des Mordopfers.* Wenn es nach der Trauer und den Tränen, die auf dem Friedhof geweint worden waren, ging, hatte Claudi mindestens dreißig beste Freundinnen und ebenso viele Freunde gehabt.

»Und was die Verhaftung von Wolfgang Martens angeht, so entspricht dies den Tatsachen. Der Dezernatsleiter hat dazu gestern eine Pressekonferenz gegeben.«

Ich musste einen Moment schlucken, um diese Nachricht zu verdauen. »Der Dezernatsleiter gibt eine PK, und ich werde nicht mal informiert? Das ist eine unglaubliche Schweinerei, Sie zerstören den Ruf eines unbescholtenen Mannes, was sage ich, von zwei Männern. Denn Sie lassen auch zu, dass mein Exmann öffentlich exekutiert wird. Was glauben Sie, was der Rektor seiner Schule machen wird? Können Sie sich vielleicht vorstellen, was die Eltern der Kinder und Jugendlichen tun werden, die von ihm unterrichtet werden? Diese Informationen können die Medien nur von Ihnen haben.«

Mahnkopf schwieg. Wahrscheinlich dachte er, lass sich das hysterische Weib einfach austoben.

»Hat Wölfchen einen guten Anwalt?«

»Ob der Anwalt gut ist, weiß ich noch nicht«, sagte Mahnkopf.

»Kann ich mit ihm sprechen?«

»Nein, das ist leider nicht möglich.«

»Dann sagen Sie mir bitte, wer der Anwalt ist, damit ich mich mit dem in Verbindung setzen kann.«

Der Anwalt war Peter Herboth. Ich entsann mich, dass Wölfchen von ihm erzählt hatte, ein Klassenkamerad von ihm. Ich legte grußlos auf und suchte fieberhaft im Telefonbuch nach Herboths Nummer. Sein Büro teilte mir mit, dass Rechtsanwalt Herboth im Moment nicht zu sprechen sei, da er in einer Mandantenberatung sei. Ich hoffte stark, dass er Wölfchen beriet.

Ich ging zur Tür und hob den *Tagesspiegel* vom Boden hoch, den der Zeitungsbote durch den Türschlitz geworfen hatte. Dort gab es nur eine kleine Notiz: »Verdächtiger im Mordfall Claudia verhaftet«. Na, das ging ja. Kein Name, keine Unterstellungen. Aus dem kurzen Text ging immerhin hervor, dass sich der Dezernatsleiter gestern auf der Pressekonferenz wohl mächtig aufgeplustert hatte und die

Verhaftung als großen Ermittlungserfolg der Mordkommission feierte.

Ich lief ins Wohnzimmer, wo das Telefon auf einem Tischchen neben der Couch stand, und rief Jürgen an. »Hier ist Babs«, sagte ich.

Jürgen stöhnte. »Ich kann das alles nicht glauben, ich kann es einfach nicht glauben!«

»Ich habe die *BZ* im Supermarkt gesehen«, sagte ich.

»Ich habe sie im Büro des Rektors gesehen«, sagte Jürgen.

»Was hat er gesagt?«

»Er hat mich mit sofortiger Wirkung beurlaubt.«

»Und nun?«

»Kann ich eine Currywurstbude aufmachen«, sagte Jürgen.

»Du kannst dich doch dagegen wehren.«

»Wie denn, dass ich eine Schülerin geschwängert und später geheiratet habe, ist kaum zu widerlegen, nicht wahr, mein Schatz?« Es klang sehr bitter.

»Glaubst du das mit Wölfchen?«

»Ehrlich? Nicht wirklich. Claudi hätte was gesagt. Wir hätten was gemerkt. Ich möchte wissen, was es mit dem Arsen auf sich hat. Aus dem Keller seiner Großeltern? Weißt du was über einen Keller seiner Großeltern?«

»Ich habe nicht im Ansatz eine Idee, was die damit meinen. Was hat Wölfchen mit dem Keller seiner Großeltern zu schaffen? Die leben doch schon seit anno Zopf nicht mehr. Ich habe jedenfalls nie was von denen gehört.«

»Er hat mal erzählt, dass seine Eltern eine Werft haben«, sagte Jürgen.

»Ja. Draußen an der Scharfen Lanke. Da bauen und reparieren sie Sportboote. Die sind ganz okay, ziemlich liberale Eltern. Obwohl sie sauer waren, weil Wölfchen nicht auch ins Familienunternehmen einsteigen wollte. Das haben die wohl schon von den Großeltern übernommen. Also ein alteingesessener Familienbetrieb.«

»Du hast doch sicher eine Telefonnummer von denen?«

»Ja klar.«

»Ruf an und frage.«

Und genau das tat ich. Ich hatte Vater Martens sofort am Apparat. Seit Weihnachten vor drei Jahren durfte ich Helmut zu ihm sagen.

»Hier ist Babs. Ich habe eben das von deinem Sohn in der Zeitung gelesen. Was ist das für ein Quatsch mit dem Keller von Wölfchens Opa?«

»Dass du überhaupt noch mit uns redest«, sagte Helmut.

»Helmut, es tut mir leid, was geschehen ist, und vor allem, was jetzt mit eurem Sohn geschieht. Ich glaube nicht eine Sekunde, dass er etwas mit Claudis Vergiftung zu tun hat. Was hat es denn mit diesem Keller auf sich?«

»Die sind hier über uns hergefallen wie die Heuschrecken«, sagte Helmut.

»Ihr hattet also auch eine Hausdurchsuchung?«

»Sie haben jedes Kabel dreimal umgedreht«, sagte Helmut. »Wir hatten ja keine Ahnung, was die überhaupt gesucht haben. Und dann haben sie uns gefragt, welche Holzschutzmittel wir verwenden. Und ob die Arsen enthalten. Ich habe denen einen Vortrag über Antifouling gehalten.«

Das konnte ich mir gerade bildlich vorstellen. Helmut neigte zum Dozieren, nicht nur, wenn es um ein Gebiet ging, von dem er etwas verstand. Aber vom Bootebauen verstand er eine Menge.

»Was ist Antifouling?«, fragte ich, darauf gefasst, dass ich ebenfalls einen langen Vortrag hören würde.

»Du musst dir vorstellen, dass die Boote, wenn sie im Wasser sind, über die Zeit Hunderttausende von Mikroorganismen anziehen, die sich am Rumpf ansiedeln. Das nennt man Fouling. Die sich anheftenden Organismen erhöhen aber den Strömungswiderstand und führen dadurch zu einer Reduktion der Geschwindigkeit des Bootes und mithin zu einer Erhöhung des Treibstoffbedarfs. So weit verstanden?«

»Ja«, bestätigte ich.

»Siehst du. Es gibt sogar die Möglichkeit, dass die Organismen auch die besiedelte Oberfläche beschädigen. Um dem entgegenzuwirken, werden die Schiffsrümpfe daher mit Antifouling-Beschichtungen behandelt, die das Ansiedeln von Bewuchsorganismen verhindern sollen.«

»Und solche Beschichtungen enthalten Arsen?«, fragte ich ihn.

»Vielleicht. Die Biozide, die wir verarbeiten, werden heute nicht mehr angerührt, sondern industriell hergestellt und fertig geliefert.«

»Und was hat das mit dem Keller der Großeltern auf sich?«

»Ich habe Wölfchen da wohl um Kopf und Kragen gequatscht«, gab Helmut zu. »Bei diesem Punkt meiner Erklärung sind die hellhörig geworden und haben gefragt, wie das früher gemacht wurde. Ich habe ihnen erzählt, dass mein Vater im Keller einen Raum hatte, den wir als Kinder nie betreten durften, weil er dort die Antifouling-Beschichtungen angerührt hat.«

»Und diesen Raum gibt es heute noch?« Ich ahnte, worauf das hinauslief.

»Ja, diese Giftbude gibt es heute noch. Ich habe von meinem Vater noch gelernt, wie man eine brauchbare Beschichtung zusammenmixt. Aber seitdem ich die Werft führe, kaufen wir das Zeug als Readymix. Ich habe die alten Gifte allerdings nie entsorgt, weil ich nicht wusste, wohin mit dem Zeug. Das steht also immer noch so da, wie mein Vater es zurückgelassen hat.«

»Und Wölfchen wusste davon?«

»Ich habe es ihm wohl mal erzählt, als er noch jünger war. Aber ich kann mich nicht erinnern, ob er jemals in diesem Raum war, die Werft hat ihn schon als Kind nicht interessiert. Wir haben hier ja nicht gewohnt, sondern in Kladow. Wölfchen war selten in der Werft, er durfte hier nicht spielen, das war uns viel zu gefährlich.«

Ich wusste nicht, wie ich mich aus diesem Gespräch verabschieden sollte.

Mach dir keine Sorgen!, wäre eine glatte Lüge gewesen.

»Okay«, sagte ich deshalb, »ich versuche mal, was über seinen Anwalt herauszubekommen.«

Als ich aufgelegt hatte, schien sich in meinen Ohren ein Mückenschwarm eingenistet zu haben. Es summte und surrte. War es mein Blut, das dieses Geräusch erzeugte?

Babsi, beruhige dich. Ich stand auf, ging zum Fenster und öffnete es. *Dreimal tief durchatmen.* War es wirklich möglich, dass mein Geliebter, wie die Presse schrieb, meine Tochter nicht nur missbraucht, sondern auch vergiftet hatte? War es wirklich denkbar, dass ich vier glückliche Jahre mit einem eiskalten Mörder zusammengelebt hatte? Alles in mir schrie: *NEIN. Undenkbar.*

Wie konnte ich ihm helfen? Ich musste auf jeden Fall noch einmal mit Loretta reden. Diesmal Klartext. Inzwischen hatte ich ihre Telefonnummer.

Ich sah auf die Uhr, es war zwanzig nach drei, vielleicht war sie ja zu Hause.

Ich schnappte mir erneut das Telefon und rief bei den Jentschs an. Ich wollte schon auflegen, als sich jemand mit »Hallo« meldete. Die Stimme hörte sich heiser und ein klein wenig verwaschen an.

»Hier ist Barbara Wiegand, die Mutter von Claudia«, sagte ich. »Kann ich mit Loretta sprechen?«

»Lass meine Tochter in Frieden.« Die Frau sprach langsam, als fiele es ihr schwer, den Satz ordentlich zu formulieren.

»Wie bitte?« Ich war konsterniert. »Äh, wieso, weshalb?«

»Schlampe!«, sagte die Frau und legte auf. Also, das war doch …

Ich hatte keine Ahnung, was ich der Frau oder Loretta angetan hatte, aber jetzt war ich wild entschlossen, es herauszufinden. Wie kam ich an Loretta heran, ohne dass ihre Mutter dazwischenfunkte?

Ich musste das Mädchen vor ihrer Schule abfangen. Morgen.

ZEUGENAUSSAGE

Ich wartete vor der Schule in der Gritznerstraße, in der Hoffnung, dass das Mädchen wie gewohnt nach der fünften Stunde frei hatte. Und ich hatte Glück. Loretta kam lachend mit einer Klassenkameradin kurz nach dem Klingeln aus dem Gebäude gestürmt.

»Hallo, Loretta, darf ich dich ein Stück begleiten?«, fragte ich sie.

Loretta sah mich skeptisch an, nickte aber und verabschiedete sich von dem anderen Mädchen. Sie blies sich ihren dunkelblonden Pony aus dem Gesicht, der ihr fast bis in die Augen hing.

»Deine Mutter will nicht, dass ich mit dir Kontakt aufnehme. Gibt es dafür einen Grund?«, fragte ich.

»Keine Ahnung«, sagte Loretta, und ich spürte geradezu körperlich, dass sie log.

»Sag mal«, packte ich den Stier bei den Hörnern, »hat Claudi dir jemals erzählt, dass ihr mein Freund zu nah gekommen ist?« Ich wusste nicht, wie ich es einer Zwölfjährigen gegenüber anders ausdrücken sollte.

»Sie meinen, ob sie was mit ihm hatte?«

»Genau das meine ich«, sagte ich.

Loretta fing an zu weinte. »Ich musste Claudi versprechen, es niemandem zu sagen«, schluchzte sie.

Ich hatte das Gefühl, dass der Boden unter mir schwankte. »Wann war das?«

»Was?« Sie konnte kaum sprechen, so sehr heulte sie.

»Dass sie dir das erzählt hat?«

»Keine Ahnung«, sagte sie, »vor den Ferien.«

»Und das hast du der Polizei erzählt?«

Das Mädchen umfasste mich und zitterte und weinte. »Was, was sollte ich denn sonst tun. Die haben mir gesagt, wenn ich was verschweige, dann helfe ich dem Mörder meiner besten Freundin.«

»Hat sie dir gesagt, wie lange das schon ging?«

Loretta schüttelte heftig den Kopf. »Nö.«

Wie sollte ich auf diese Information reagieren? Ich wollte schreien. Ich wollte heulen. Ich wollte toben. Noch nie in meinem Leben hatte ich mich so elend gefühlt wie mit der wimmernden Loretta im Arm. »Komm«, sagte ich, »ich bring dich nach Hause.« Nachdem ich das vor sich hin schniefende Mädchen in der Brentanostraße abgesetzt hatte, fuhr ich zu Jürgen.

Er sah furchtbar aus, als er mir die Tür öffnete. Und er war nicht nüchtern.

»Claudi hat Loretta gestanden, dass Wölfchen sie missbraucht hat.«

»Komm rein«, sagte Jürgen. Er ging ins Wohnzimmer und ließ sich auf seine Couch fallen. »Willst du auch einen?«, fragte er und zeigte auf die halbleere Whiskey-

Flasche, die auf dem Tisch stand. Jürgens Gesicht war verschattet, was nicht nur an den Augenringen lag, sondern auch an den dunklen Stoppeln in seinem Gesicht.

Ich griff mir die Flasche und nahm einen großen Schluck. »Es ist noch eine Flasche im Schrank«, sagte er.

Die haben wir an diesem Nachmittag auch noch geschafft.

»Glaubst du das, was Loretta gesagt hat?«, fragte Jürgen.

»Ich kann es mir beim besten Willen nicht vorstellen.«

»Ich habe den Kerl echt gemocht«, sagte Jürgen.

Uns war nicht mehr viel übrig geblieben, als uns zu betrinken.

DER PROZESS

Die Indizien waren erdrückend. Ich hatte mit Frank Herboth, dem Anwalt, Kontakt aufgenommen. Er sagte, dass Wölfchen nur immer wieder seine Unschuld beteuerte, aber dass ihm das nichts nützen würde. Denn die Aussage von Loretta, die Zugangsmöglichkeit zum Gift, die Anwesenheit in der fraglichen Zeit und das akribische Putzen früh am Morgen zusammengenommen, würden sein Leugnen ad absurdum führen. Außerdem hätte man seine Fingerabdrücke auf der Arsenflasche im Giftkeller seiner Eltern gefunden.

Natürlich habe ich ihn gefragt, ob es nicht eine Möglichkeit gebe, dass die Polizei sich geirrt habe. Egal, wie die Indizienlage war, ich konnte und wollte einfach nicht daran glauben, dass Wölfchen ein Mörder und Kinderschänder war.

Frank Herboth und ich bereiteten gemeinsam meine Zeugenaussage vor Gericht vor.

Vier Monate nach dem Tod meiner Tochter wurde Wölfchen vor dem Landgericht Moabit der Prozess gemacht.

Er sah zum Fürchten aus. Mein Freund hatte in den

Monaten in der Untersuchungshaft mindestens zehn Kilo abgenommen, und er war vorher schon sehr schlank gewesen. Ich werde nie den Blick vergessen, mit dem er mich anstarrte, als ich auf dem Zeugenstuhl Platz genommen habe. Seine Augen erinnerten an ein waidwundes Reh, sein Blick flehte um Hilfe, nicht um Vergebung.

Ich versuchte, ihm so gut es ging zu helfen. Der Staatsanwalt fragte mich verwundert, warum ich den Angeklagten offensichtlich immer noch in Schutz nehme, er sei doch schließlich der Mörder meiner Tochter.

Ich konnte nur versichern, dass ich nie etwas vom angeblichen Missbrauch meiner Tochter gemerkt habe, dass Claudia ein fröhliches und augenscheinlich glückliches Mädchen gewesen sei.

Auch Jürgen war als Zeuge vorgeladen. Ich begegnete ihm draußen auf dem Flur vor dem großen Verhandlungssaal, in dem die Dritte Große Strafkammer tagte. Er sah besser aus als bei den letzten Malen, die ich ihn getroffen hatte. Seine Haare waren zwar ungeschnitten, aber immerhin gewaschen. Er war frisch rasiert, obwohl er sich dabei wohl mehrmals geschnitten hatte. Als er mich begrüßte, roch ich, dass er offensichtlich mit Mundwasser gegurgelt hatte, was aber kaum half, den Alkoholgeruch zu übertünchen.

Gegen Jürgen war ein Disziplinarverfahren anhängig. Er war immer noch beurlaubt. Solange man ihm kein Strafverfahren wegen sexuellen Missbrauchs von Schutzbefohlenen anhängte, wollte er stillhalten.

Auf die Frage, ob da noch mehr gewesen wäre als sein Fehltritt mit mir, schwor er mir, dass das alles gewesen sei. Ich glaubte ihm und fühlte mich verdammt schuldig, schließlich war ich diejenige, die ihn in diese Situation gebracht hatte.

Wir sprachen lange darüber, welche beruflichen Perspektiven sich für ihn ergeben könnten. Aber Jürgen wollte nichts anderes sein als Lehrer. Er liebte diesen Beruf. »Das ist meine Berufung«, sagte er.

»Und wenn du in die Erwachsenenbildung gehst?«, schlug ich ihm vor. Er hatte nur den Kopf geschüttelt und sich das nächste Glas Johnny Walker reingezogen.

Nach unserem Besäufnis an jenem Tag, als ich Loretta vor der Schule aufgelauert hatte, habe ich nie wieder ein Glas Whiskey getrunken. Bis heute. Mir war drei Tage schlecht gewesen, ich hatte mich vor Kopfschmerzen kaum bewegen können. Aber Jürgens Alkoholkonsum nahm langsam bedenkliche Ausmaße an.

»Pass auf, dass du kein Alkoholiker wirst«, warnte ich ihn immer wieder, obwohl mir schwante, dass es für diese Warnung bereits zu spät war. Er trank, um seinen Schmerz zu betäuben, eine schlechte Voraussetzung, mit Alkohol umzugehen.

Der Prozess gegen Wölfchen dauerte nur vier Tage. Das Urteil lautete, wie Frank Herboth es vorausgesehen und wie der Staatsanwalt gefordert hatte: lebenslange Haft. Natürlich saß ich im Saal, Wölfchens Blick, den er mir noch über die Schulter zuwarf, als er abgeführt wurde, traf mich ins Mark. Manchmal wache ich noch heute nachts auf und sehe diesen Blick, der zu rufen schien: *Hilf mir, Babs, bitte, bitte hilf mir.* Aber wie sollte ich ihm helfen, ich konnte weder ihm noch Jürgen helfen, ich konnte mir selbst nicht mal helfen.

Die Medien bliesen zum Showdown. Noch einmal wurde der ganze Fall aufgerollt, wieder fand ich unsere Bilder in den Zeitungen. Aber ich wusste, danach würde es still werden: Mädchen tot, Mörder verurteilt, Klappe zu.

Einige Wochen zuvor hatte ich mir Hilfe bei einem Psychologen gesucht. Es gab einfach niemanden mehr, dem ich meine Ängste, meine Trauer aufbürden konnte. Wölfchen saß in Tegel ein, und Jürgen war auf dem besten Weg, sich um den Verstand zu saufen. Der Psychologe riet mir, wieder arbeiten zu gehen, damit meine Tage eine Struktur bekämen. Und so trat ich wieder bei dpa an. Und noch immer schlief ich im Bett meiner Tochter und weinte mich Abend für Abend in einen kurzen, unruhigen Schlaf.

WÖLFCHEN

Jürgen ging es immer schlechter. Er war inzwischen nicht nur vom Dienst suspendiert, sondern vor allem aus dem Beamtenverhältnis entfernt worden. Er dachte gar nicht daran, irgendeinen anderen Beruf zu ergreifen. Jürgen igelte sich mit Johnny Walker in seiner Bude ein und lebte von dem Unterhaltsbeitrag, der ihm gesetzlich zustand. Ich versuchte immer wieder, ihn aufzuwecken, ihm Perspektiven aufzuzeigen, aber ich war machtlos gegen seinen Schmerz.

Merkwürdigerweise brachte mich gerade das Elend meines Exmanns wieder halbwegs in die Spur. Ich wusste, dass es mir nicht weiterhalf, wenn ich durchhing, ich musste irgendwie mein Leben weiterleben. Was Jürgen sein Johnny Walker, war mir meine Disziplin. Sie war wie ein Korsett, das mich zusammenhielt.

Tag für Tag saß ich bei dpa vorn am Nachrichtentisch und redigierte die Meldungen, die meine Kollegen aus dem Rathaus Schöneberg, aus dem Olympiastadion oder von der Trabrennbahn Mariendorf durchtelefonierten. Am liebsten machte ich Spätdienst, den übernahm ich freiwillig, weil ich Angst hatte vor den Nächten und ihren Schatten.

Je kürzer die Nächte waren, desto besser fühlte ich mich. Und so ging ich mit meinen Kollegen nach Dienstschluss gern noch auf ein Bier oder zwei in unsere Stammkneipe *Bogen* am Savignyplatz. Freiwillig übernahm ich jede Feiertagsschicht, ob am ersten Weihnachtsfeiertag oder früh am Neujahrsmorgen. Bloß nicht nachdenken müssen. Bloß nicht allein sein, wenn andere in Familie machten.

Mittlerweile hatte ich als Tatsache akzeptiert, dass man mir mein Kind genommen hatte. Es war ein dumpfes, duldendes Gefühl, das nichts mit Wut oder Hass zu tun hatte. Denn all das hätte mir meine Claudia auch nicht wiedergebracht. Je länger die schicksalhafte Nacht im August 1983 her war, desto besser konnte ich mit dem Verlust leben. Man sagt, die Zeit heilt alle Wunden, aber das stimmt nicht. Man gewöhnt sich nur an den Schmerz. Er wird zum ständigen Begleiter.

Es war einer von diesen Spätdiensten im Februar 1985. Meine Kollegen hatten bereits seit zwanzig Uhr Feierabend, ich saß alleine am Newsdesk und wühlte mich durch die Telexe mit den Nachrichten von adn, auf der Suche nach wichtigen Meldungen von der staatlichen Nachrichtenagentur der DDR, die ich zur Zentrale nach Hamburg durchgeben musste. Um kurz vor neun klingelte das Telefon. Ich hörte, wie die Telefonistin den Pressesprecher der Justiz in eine der Aufnahmekabinen verband. Meine Lieblingsinfotypistin Ulrike stand auf, um die Nachricht aufzunehmen.

Ich entsinne mich, wie in mir das merkwürdige Gefühl

aufstieg, dass die kommende Nachricht mich ganz persönlich betreffen würde. Kurz darauf ploppte die Meldung auf meinem Desktopcomputer auf.

Die leuchtend giftgrüne Schrift auf dem schwarzen Screen schrie mich an:

Mord in der JVA Tegel

In der Justizvollzugsanstalt Berlin-Tegel ist es zu einem Tötungsdelikt unter den Inhaftierten gekommen. Wie die Gefängnisleitung soeben mitteilte, ist ein Häftling im Gemeinschaftsraum tot aufgefunden worden. Der 37-jährige Mann war wegen des Missbrauchs und Mordes an einer Zwölfjährigen vor knapp einem Jahr zu lebenslanger Haft verurteilt worden. Wolfgang M. ist im Fernsehraum nicht nur erdrosselt, sondern auch mit einem spitzen Gegenstand attackiert und mehrfach verletzt worden. Die Kriminalpolizei hat die Ermittlungen übernommen.

Wölfchen. Oh Gott. Ich zitterte am ganzen Körper. Das durfte nicht wahr sein. Natürlich wusste ich, dass Kinderschänder ganz unten in der Gefängnishierarchie standen. Aber Mord? Das hatte Wölfchen nicht verdient, zumal er immer seine Unschuld beteuert hat.

Handelte es sich denn wirklich um Wölfchen? Ich nahm das Telefonbuch und suchte nach der Nummer des Pressesprechers. Niemand nahm ab. Natürlich, der Mann hatte bereits Feierabend, er war wahrscheinlich von den Kollegen zu Hause erwischt worden.

Ich sah auf die Uhr. Wenn ich die Meldung jetzt so raushaute, würden die Kollegen von den Zeitungen auf Teufel komm raus recherchieren. Wie ich die Boulevardblätter kannte, würden sie den Andruck verschieben. Das war eine Seite-eins-Meldung, und wenn sie weder was von uns noch von der Justiz bekämen, würden sie in ihre Archive rennen und suchen, was sie selbst auf Lager hätten. Der ganze Punk würde von vorn losgehen.

Ich bat Ulrike, mir die Telefonnummer von der JVA Tegel herauszusuchen. Bevor ich die Meldung weitergeben würde, wollte ich Gewissheit, obwohl ich wusste, dass es sich um eine reine Formalität handelte.

In Tegel verbanden sie mich von Pontius zu Pilatus weiter. Gegen halb zehn hatte ich dann endlich den stellvertretenden Anstaltsleiter dran. Er bestätigte mir, dass es sich bei dem Mordopfer um Wolfgang Martens handelte, meinen Exfreund. Danach wählte ich die Nummer des Lagediensts im Polizeipräsidium. Ob es schon Verwertbares aus Tegel gebe, fragte ich den Schichtleiter.

»Sie wissen, dass ich dazu nichts verlautbaren lassen kann.«

»Unter uns: Gibt es schon Erkenntnisse, ob es sich um einen Einzeltäter oder um mehrere Täter handelt?«, fragte ich.

»Es müssen mehrere Täter gewesen sein, so viel steht fest. Den Rest bekommen Sie morgen früh von unserem Pressesprecher.«

Es war zehn vor zehn, als ich die Meldung ein wenig

aufbereitet herausschickte. Zu spät für die Titelseiten, wie ich hoffte. Deprimiert meldete ich mich in der Zentralredaktion in Hamburg ab und schloss das Berliner Landesbüro. An diesem Abend war mir nicht nach einem Bier mit meinen Kolleginnen im *Bogen*. Ich fuhr zu Jürgen.

RÜCKERTSTRASSE

Es war keine gute Idee gewesen, Jürgen um diese späte Stunde noch aufzusuchen. Natürlich war er nicht mehr nüchtern. »Oh, die Frau Gemahlin«, rief er in den Treppenflur, als ich an der Wohnungstür klingelte.

»Darf ich reinkommen?«, fragte ich.

Er ging wortlos voran. Wie so oft.

»Ich habe schlechte Nachrichten«, sagte ich.

»Ich auch.«

Nein, bitte nicht noch mehr schlechte Nachrichten, dachte ich. *Noch mehr halte ich nicht aus.*

Als ich mich in seinen Wohnzimmersessel gesetzt hatte, reichte er mir einen Brief, der unter der Johnny-Walker-Flasche lag. »Lies!«

Es war die fristlose Kündigung seiner Wohnung. Jürgen hatte es ganz offensichtlich versäumt, in den letzten Monaten seine Miete zu überweisen.

»Das ist jetzt nicht dein Ernst, oder? Wieso hast du denn die Miete nicht gezahlt?«

»Wovon denn?«, fragte er.

»Was heißt wovon denn? Du kannst arbeiten, außerdem bekommst du Unterhaltsbeihilfe, oder etwa nicht?«

»Sozialhilfe meinst du.«

»Wieso Sozialhilfe?«

»Unterhaltsbeihilfe gab es nur sechs Monate, jetzt gibt's Sozialhilfe.«

»Und die geht für Johnny Walker drauf?«, fragte ich und deutete auf die Flasche, die er als Briefbeschwerer genutzt hatte. »Und jetzt?«

»Und jetzt brauche ich meine alte Wohnung wieder.«

»Aber da wohne ich doch.«

»Du wirst dir eine neue suchen müssen, wer gibt einem Sozialhilfeempfänger schon einen Mietvertrag«, sagte er.

»Scheiße.« Mehr fiel mir dazu im Moment nicht ein.

»Aber du hattest doch eine ganze Menge Ersparnisse, was hast du damit gemacht?«

»Geht dich das irgendwas an?«

Was sollte ich ihm darauf antworten …

»Okay, wie viel Zeit habe ich?«

»Gar keine. Ich kann ja erst mal in Claudis Zimmer schlafen, bis du eine neue Bleibe gefunden hast.«

»Da schlafe ich, du kannst das Schlafzimmer haben.« Mir graute bei dem Gedanken, meine Wohnung, wenn auch nur vorübergehend, mit einem alkoholkranken Jürgen zu teilen. Er wurde zwar nicht handgreiflich oder ausfallend, wenn er besoffen war, aber angenehm war er schon lange nicht mehr. Doch was sollte ich machen. Es war seine Wohnung, da gab es keine Diskussion.

»Hilfst du mir beim Umzug?«, fragte er.

»Na klar«, sagte ich. »Übrigens: Wölfchen ist tot.«

DER UMZUG

Ich habe erstmal Jürgens Miete bezahlt. Die ging natürlich nicht direkt an den Vermieter, sondern an den Freund von einem Freund. Jede freie Minute, die ich hatte, habe ich seine Klamotten zusammengepackt. Jürgen saß unbeteiligt weiterhin auf dem Sofa. Sogar ich als Laie konnte erkennen, dass er schwere Depressionen hatte. Aber alles Zureden half nichts, Jürgen wollte sich nicht in psychologische Behandlung begeben.

»Was machen wir mit Claudis Sachen?«, fragte ich ihn.

»Mach damit, was du willst.«

Ich hatte in meiner Wohnung bisher alles so gelassen, wie es zu Claudias Lebzeiten gewesen war. Aber ihre Sachen jetzt hier zusammenzupacken, um sie in die Muthesiusstraße umzusiedeln, erschien mir ziemlich sinnlos. Als ich fast Jürgens gesamten Hausstand zusammengepackt hatte, blieb nur noch Claudis Zimmer. Kurz entschlossen rief ich bei Loretta zu Hause an, auch auf die Gefahr hin, dass ich von ihrer Mutter wieder beschimpft werden würde. Aber ich hatte Glück, Loretta selbst war am Apparat.

»Möchtest du vielleicht ein paar Sachen von Claudi haben – als Andenken?«, fragte ich das Mädchen.

Loretta stimmte zu, am kommenden Abend vorbeizukommen und sich das auszusuchen, was sie brauchen konnte.

Als ich ihr am Abend die Tür öffnete, bekam ich einen Schreck. Vor mir stand ein bildhübscher Teenager. Was einige Monate in diesem Alter ausmachten.

»Komm rein«, sagte ich und bat sie in Claudias Zimmer. »Und ich darf wirklich das aussuchen, was ich will?«

»Klar, und wenn du es nicht tragen kannst, fahren wir es zu dir. Ist das okay mit deiner Mutter?«

»Mir doch egal, die Alte ist sowieso immer besoffen«, sagte Loretta. In diesem Moment tat mir das Mädchen unendlich leid, ich hatte so was schon vermutet.

Ich gab ihr einen Koffer, in den sie einpacken konnte, was sie wollte. »Und wenn es was Größeres ist, dann tragen wir dir das hinunter ins Auto.«

Sie verbrachte mehr als eine Stunde in Claudias Zimmer.

»Ich habe ne Frage«, sagte sie, als sie herauskam. »Das Meerschweinchen, wo isn das Meerschweinchen?«

»Paulchen? Den gibt es nicht mehr«, sagte ich. Ich hatte das ausgestopfte Meerschweinchen schon vor langer Zeit weggeworfen.

Ich habe nicht gefragt, was alles in dem Koffer war, sondern das junge Mädchen nach Hause gefahren. Es war das letzte Mal, dass ich Loretta gesehen habe.

Ein paar Tage später haben wir Jürgens Umzug gemacht. Ich hatte die Stadtmission angerufen, die holten die

Möbel von Claudi sowohl bei Jürgen als auch in meiner Wohnung, so dass wir Jürgens Möbel vorübergehend in Claudias Zimmer lagern konnten, während Jürgen im Wohnzimmer schlief.

Ich hatte mich noch nicht auf die Suche nach einer neuen Wohnung begeben, zwei Umzüge gleichzeitig neben einem Fulltime-Job bei dpa überforderten meine Kräfte.

Das Ausräumen von Claudias Zimmer war eine Zäsur. Der endgültige Abschied von meiner Tochter. Ihre Klamotten habe ich in eine Kleidersammlung gegeben, ich konnte sie nicht wegschmeißen, es wäre mir vorgekommen, als würde ich meine Tochter auf den Müll werfen.

Und so waren wir wieder vereint: Jürgen und ich in der Muthesiusstraße.

Am Samstagabend fuhr ich um Mitternacht zum Bahnhof Zoo. Vor dem Zeitungsstand gab es bereits eine lange Schlange, jeder, der in Berlin eine Wohnung suchte, holte sich hier die *Berliner Morgenpost* vom Sonntag. Damit setzte ich mich in die Küche und suchte in den Immobilienanzeigen nach einer neuen Bleibe.

Ab acht Uhr hing ich am Telefon und verabredete mit den Maklern Besichtigungstermine. Was brauchte ich mehr als eine Ein-Zimmer-Wohnung mit einer kleinen Küche und einem Bad. Aber genau die waren in Berlin Mangelware. Auf eine Wohnung kamen zwölf Bewerber. Am ersten Sonnabend sah ich mir sieben Bruchbuden an. Immer schön eingereiht in der sozialistischen Wartegemeinschaft, die von Haus zu Haus zog. Nach der dritten

Bruchbude kannte ich bereits alle meine Mitbewerber.

»Wieso willst du umziehen, es ist Platz genug für zwei in dieser Wohnung«, sagte Jürgen. Klar, endlich hatte er jemanden, der ihm den Kaffee kochte und ihm was zu essen mitbrachte. Und vor allem jemanden, der die Miete bezahlte. Aber ich wollte so schnell wie möglich weg aus der Muthesiusstraße, Jürgen musste lernen, wieder auf eigenen Beinen zu stehen.

Es war ein Donnerstagmorgen gegen ein Uhr früh. Ich war mit meinen Kolleginnen nach dem Spätdienst noch auf ein paar Bierchen im *Bogen* gewesen. In der Bleibtreustraße hatte ich mir im *Ali Baba* Pizza geholt und für Jürgen eine Lage mitgenommen. Als ich mit der durchdringend nach Oregano riechenden Pizza die Wohnung betrat, kam mir irgendetwas komisch vor. Es war verdächtig ruhig. Kein Fernseher, der lief, kein Licht. Das Wohnzimmer, wo Jürgen normalerweise auf der Couch schlief, war leer.

Ich stellte die Pizza auf dem alten Billardtisch im Berliner Zimmer ab. War Jürgen weggegangen? Leise öffnete ich die Schlafzimmertür, aber auch da war kein Jürgen. Im Kinderzimmer? Kaum, das Zimmer war vollgestellt mit seinen Möbeln. Ich ging zum Bad, klopfte an. Da keine Antwort kam, schaltete ich das Licht im Bad an und öffnete die Tür.

Ob ich diesen Anblick wohl jemals aus meiner Erinnerung werde tilgen können? Noch nie hatte ich so viel Blut gesehen. Jürgen lag in einem Meer aus Blut in der Badewanne, ein Arm hing über dem Wannenrand, das Blut war auf den türkisfarbenen Badezimmervorleger getropft und hatte ihn durchtränkt. Mein Exmann hatte sich die Pulsadern aufgeschnitten.

Ich musste mich am Türrahmen festhalten, um nicht umzukippen. Ich brauchte keine Hilfe mehr zu rufen, dass Jürgen tot war, sah man daran, dass er mit dem Kopf unter dem rot gefärbten Wasser lag.

Was tut man in so einer Situation? Wen ruft man an? Ich war vollkommen konfus. Hatte er wenigstens einen Abschiedsbrief hinterlassen? Ich ging ins Wohnzimmer, suchte auf dem Couchtisch nach einer Nachricht. Aber weder dort noch in der Küche noch im Berliner Zimmer fand ich einen Abschiedsbrief. Jürgen war ohne Nachricht gegangen.

Ich rief die Polizei an, setzte mich auf mein Sofa, auf dem er die letzten Wochen genächtigt hatte, und wartete, unfähig, mich zu rühren.

In dieser Nacht habe ich mich nicht gefragt, warum. Ich starrte einfach nur die Wand an und wartete, dass man Jürgens Leichnam abtransportierte. Denken konnte ich nicht mehr, ich war in Schockstarre.

Aber all die Nächte, die danach kamen, die vielen, vielen schlaflosen Nächte meines Lebens habe ich mich gefragt, warum.

Warum hat mich das Schicksal so schwer bestraft. War meine jugendliche Dummheit so viel Unglück wert?

Allen Menschen, die ich geliebt habe, habe ich nur Unglück gebracht. Und jetzt waren sie alle tot. Warum hatte ich mich in jener Nacht nicht einfach zu Jürgen ins Wasser gelegt, mein Küchenmesser genommen und bin mit ihm gegangen? Warum, warum, warum?

Am Morgen habe ich bei dpa in Hamburg angerufen und gekündigt. Ich brauchte eine Pause vom Leben. Das habe ich meinem Chef genauso gesagt. »Ich muss weg, ganz weit weg von diesem ganzen Scheiß hier.«

Der Mann hatte eine Idee. »Sie sprechen doch Englisch und Französisch, oder?«

AFRIKA

Sie haben mich nicht in die Wüste, sondern nach Afrika geschickt. Ganz weit weg hatte ich mich gewünscht.

»Ist der Sudan weit genug?«, hatte mein Chef mich gefragt. Und so wurde ich »unsere Frau in Afrika«.

Direkt nach Jürgens Beerdigung trat ich als seine Ex-Ehefrau und Erbin in seinen Mietvertrag ein und vermietete meine Wohnung möbliert an eine Kollegin von dpa.

Obwohl ich mich immer für Politik interessiert hatte, waren die Stammesfehden, die Krisen und Kriege auf dem Schwarzen Kontinent bis dahin an mir vorbeigegangen.

Seit 1983 gab es einen bewaffneten Konflikt zwischen dem Sudan und dem Südsudan, über den ich berichten sollte. Als ich auf dem Weg nach Karthum, der Hauptstadt des Sudan, war, überschlugen sich die Ereignisse.

Staatspräsident Dschafar an-Numairi hatte 1983 die Scharia im ganzen Land eingeführt, auch im bis dahin selbstständigen Südsudan, was zu einem Bürgerkrieg führte. Die politische Unruhe im Land nahm die Armee unter General Swar ad-Dahab zum Anlass für einen Militärputsch. Numairi wurde am 6. April 1985, als er sich auf Staatsbesuch in den USA befand, von Dahabs Truppen gestürzt. Der provisorische Militärrat unter Dahab ernannte eine Übergangsregierung.

Ich traf am 10. April 1985 in Karthum ein und bezog ein Zimmer im Hotel *Acropole*, ein für deutsche Verhältnisse sehr einfaches Hotel, das von internationalen Journalisten bevorzugt wurde. Außer einer Amerikanerin namens Heather, die für die *Washington Post* in Afrika war, war ich die einzige Frau unter lauter raubeinigen Kollegen, die einem Wanderzirkus gleich von Krisengebiet zu Krisengebiet zogen.

Als Erstes musste ich mich mit der Politik des Landes und seinen Gesetzen vertraut machen, die Kollegen gaben mir gern Nachhilfe.

Der Staub, die Hitze, die Armut – die Straßen der Stadt kamen mir vor wie eine Infusion von Afrika, die man mir verabreichte. Die Stadt, in der sich der Blaue und der Weiße Nil vereinigen, raubte mir den Atem. Trotz des Putsches galt das Gesetz der Scharia weiterhin. Heather führte mich nach Omdurman in einen Souk, wo ich mir »landestypische Kleidung«, wie sie es nannte, beschaffen konnte. Wir streiften durch die engen Gassen, vorbei an Nähern und Goldschmieden, überholt von Eselskarren und hupenden Motorrädern.

Aber Heather hatte recht: Nachdem ich wie die Sudanesinnen verschleiert in bunten Gewändern gekleidet war, wurde vieles einfacher. Ich wurde nicht mehr angestarrt, angesprochen und begrapscht.

Es gab viel zu berichten: Die neue Regierung orientierte

sich wieder mehr an Libyen sowie der Sowjetunion und nahm diplomatische Beziehungen zum Iran auf. Eine Entwicklung, die im Westen nicht ohne Nervosität verfolgt wurde. Im Oktober wurde eine Übergangsverfassung eingesetzt, und es wurden Wahlen ausgeschrieben.

All das lenkte mich zumindest tagsüber ab von dem Albtraum, den ich in Berlin erlebt hatte. Nur nachts, wenn der Mond in mein Fenster schien und die Sterne so viel heller als in Deutschland funkelten, dann wanderten meine Gedanken zurück zu meiner Tochter. Wieder und wieder durchlebte ich ihre letzten Stunden und fragte mich, wie das alles passieren hatte können.

Zusammen mit Heather, mit Bill, einem Kollegen von ap, und dem freien Fotografen John kämpften wir uns mit einem Jeep durch bis nach Juba, der Hauptstadt des Südsudans. Ein nicht ungefährliches Unterfangen, aber es betäubte meinen Schmerz. Ich brauchte alle meine Sinne für das Hier und Jetzt, es war das Beste, was mir passieren konnte.

Im Süden lebten im Gegensatz zu dem muslimisch geprägten Norden vor allem Katholiken. Das war meine erste von vielen abenteuerlichen Reisen über den Schwarzen Kontinent, die ich in den nächsten Jahren mit diesem Team unternehmen sollte. Wir haben die Ärmsten der Armen besucht, haben mit ihnen geweint und gelacht und uns von der Herzlichkeit der Menschen bezaubern und von der Brutalität entsetzen lassen. Wir sind im Monsunregen gestrandet und in der Wüste verunglückt.

Mein Chef hatte recht gehabt: Afrika tat mir gut. Es war wie ein neues, ein anderes Leben. Berlin und meine Familie rückten immer weiter weg, zu sehr forderte mich die harte Gegenwart.

Im Lauf der Zeit spürte ich, dass das Gesicht meiner Tochter immer undeutlicher wurde in meiner Erinnerung. Dann öffnete ich die kleine lederne Fototasche und schaute mir die wenigen Bilder meiner Tochter an, die ich mitgenommen hatte.

Ich wurde ein Teil des journalistischen Wanderzirkus: 1987 gingen wir nach Uganda, 1988 Somalia, 1989 Liberia. Es folgten Dschibuti, Sierra Leone, Südafrika, Ruanda, der Kongo, Äthiopien, Mali. Es gab Hungersnöte, Naturkatastrophen, Kindersoldaten und Bürgerkriege.

William Fowler, genannt Bill, mein Kollege von der amerikanischen Nachrichtenagentur ap, und ich heirateten 1987 bei einem Heimataufenthalt in Las Vegas. Da waren wir bereits seit zwei Jahren ein Paar und sollten es für die nächsten dreiundzwanzig Jahre bleiben.

Im August 2010 endete auch diese Liebe meines Lebens tödlich. Bill wurde im Hotel *Mona* in Somalias Hauptstadt Mogadischu von Angehörigen der al-Shabaab-Milizen erschossen. Ich war zu diesem Zeitpunkt in Stuttgart bei der Beerdigung meines Vaters.

Bills Tod war für mich eine Zäsur. Ich blieb in Stuttgart, steckte den Kopf unter die Bettdecke und trauerte erneut um ein Leben, das ich verloren hatte.

Bill war ganz anders gewesen als das feinsinnige Wölfchen oder der früher stets ausgeglichene Jürgen. Er war laut, aufbrausend, aber mit einem scharfen Verstand und einer spitzen Zunge gesegnet. Bill hatte keine Angst gekannt, in seiner Nähe hatte ich mich immer sicher gefühlt. Er schien so stark, so unbesiegbar. Jahrelang hatte er um meine Liebe gekämpft, und auch dann hatte es noch gedauert, bis ich das, was ich sagte, auch fühlen konnte.

Nach Bills Tod war es für mich undenkbar, zum Wanderzirkus zurückzukehren. Inzwischen war ich weit in meinen Fünfzigern, und die vielen Jahre in dem oft gnadenlosen Klima und den noch gnadenloseren Bedingungen, unter denen wir mitunter gelebt haben, hatten ihren Tribut gefordert.

Ich fühlte mich ausgelaugt und beschloss, in Stuttgart zu bleiben. Meine Mutter war inzwischen dement und in einem Pflegeheim untergebracht, so dass ich das Haus meiner Eltern verkaufen konnte. Das Geld würde mich eine Weile über Wasser halten, rechnete ich mir aus.

Womit ich allerdings nicht gerechnet hatte, waren die nächtlichen Gespenster, die wiederkehrten, die mich fast umbrachten in den schlaflosen Nächten, die auf die inhaltslosen Tage folgten. Es war nicht nur die Trauer um den Mann, mit dem ich fünfundzwanzig Jahre ein unruhiges, aber aufregendes und ausgefülltes Leben geführt hatte. In meinen Albträumen wurde Bill zu Wölfchen, lag mein Kind in der blutüberströmten Badewanne, und Jürgen wurde vergiftet.

So komfortabel das Haus meiner Eltern war, ich fühlte

mich weder in Deutschland und schon gar nicht in Stuttgart heimisch. Nichts schien mir öder als die Vorstellung, die nächsten Jahre in Bad Cannstatt zu verbringen.

So ging es nicht weiter, ich musste etwas tun, etwas Sinnvolles. Ich nutzte meine Beziehungen und meldete mich bei dem Flüchtlingshilfswerk der UNO.

Für den UNHCR kehrte ich 2011 zurück nach Afrika. Zunächst in ein Lager in Somalia, danach gab es ein Wiedersehen mit den Südsudanesen in einem Flüchtlingslager in Äthiopien. Hier konnte ich zumindest ein wenig helfen, das Leid und das Elend der Geflüchteten zu lindern. Ich übernahm die unterschiedlichsten administrativen Aufgaben, das Gefühl, gebraucht zu werden, war ein Pflaster für meine Seele.

Nur mein Körper wollte irgendwann nicht mehr so wie meine Seele. Ich spürte, dass da etwas nicht in Ordnung war. Mir schlackerten die Kleider am Körper. Obwohl ich genauso viel aß wie sonst, wurde ich immer dünner. Und der Husten wollte nicht mehr aufhören.

Letztes Jahr bin ich nach Hause gefahren. Mein Zuhause war jetzt das Haus in Stuttgart-Bad Cannstatt, das ich mangels Zeit nicht verkauft hatte. Es lag oben im »Geiger«-Viertel, an der Grenze zu Fellbach, vom Wohnzimmer aus hatte man einen gigantischen Blick über das Stuttgarter Tal. Gegenüber glitzerte das Kreuz auf der Grabkapelle der Königin von Württemberg, im Tal funkelte der Neckar, und in dem Garten am Hang blühten im Frühjahr vierzig Obstbäume.

»Warum kommen Sie jetzt erst?«, herrschte mich der Arzt an, den ich wegen meiner Atemnot und des hartnäckigen Hustens aufgesucht hatte.

»Afrika, ich hatte Besseres zu tun.«

»Rauchen Sie?«, fragte mich der Arzt.

Ich nickte. Irgendein Laster braucht der Mensch. Ja, ich rauchte wie eine Geisteskranke, seitdem ich vierzehn Jahre alt war. Er schickte mich zum CT. Wenn ich ehrlich war, dann wusste ich auch ohne CT, was die Stunde geschlagen hatte.

ERINNERUNGEN – FRÜHSOMMER 2019 STUTTGART-BAD CANNSTATT

Ich hatte aus Afrika nicht viele Sachen mitgenommen. Das Wichtigste war das kleine, in Leder gebundene Album mit den Fotos aus meinen früheren Leben. Wie oft hatte ich dieses Album in der Hand gehabt, das rehbraune Sattelleder war ganz abgeschabt und speckig geworden im Laufe der Jahre.

Als ich an diesem Frühsommertag 2019 mit der Zeitschrift, die ich beim Arzt geklaut hatte, nach Hause kam, setzte ich mich damit in den Lehnstuhl meines Vaters. Von dem großen Erker im Wohnzimmer aus hat man einen fantastischen Blick auf das Neckartal. Rund um den Erker verläuft unter den Fenstern ein Bücherregal aus Kirschbaumholz, in dem mein Vater dreißig Jahrgänge der Zeitschrift *Reader's Digest* aufbewahrt hat.

Ich hatte die Fotos meiner Lieben aus dem ledernen Album vergrößern und restaurieren lassen, jetzt standen sie in Silber gerahmt vor den Fenstern und lächelten mich an.

Von Claudia gab es mehrere Fotos, mein geliebtes Kind in jedem Alter. Da war das Babybild, das wir bei *Urbschat* am Ku'damm haben machen lassen, dann das Bild, wie Claudia über den Teppich im Wohnzimmer krabbelte, das Foto von ihrer Einschulung, ihr erstes Fahrrad und das Bild von Claudi und Jürgen beim Drachensteigen und natürlich Claudia mit ihrem geliebten Meerschwein Paulchen.

Auf der anderen Seite stand Bill, mit Hut auf der Ladefläche eines Jeeps sitzend, ich glaube, es war aus unserer Anfangszeit im Sudan. Daneben ein Bild von Bill und mir vor der *Little Church of the West* in Las Vegas, wo wir geheiratet haben. Dann Jürgen, wie er ernst in die Kamera blickt und am Bügel seiner Sonnenbrille nagt.

Ja, es stand dort auch ein Foto von Wölfchen, wie er mit zwei Tellern balancierend aus der Küche kommt. Es gab niemanden, vor dem ich mich rechtfertigen musste, warum ich ein Foto vom angeblichen Peiniger und Mörder meiner Tochter aufgestellt hatte. Ich habe diesen Mann schließlich auch einmal geliebt. Und trotz gegenteiliger Beweise hatte ich niemals so ganz glauben wollen, dass Wölfchen das, was man ihm vorwarf, tatsächlich getan hatte.

Auf meinen Knien lag aufgeschlagen die bunte Zeitschrift mit den Fotos, die mich in der Arztpraxis hatten taumeln lassen.

Frau im Spiegel

Nach 26 Jahren Knast: endlich frei
Wie schwer wiegt die besondere Schwere der Schuld

Die Frau, hinter der sich die Tore der JVA Aichach schließen, ist blass und schmächtig. Ihre halblangen,

dunkelblonden Haare flattern im Wind. Sie versinkt in dem altmodischen braunen Mantel mit den Schulterpolstern, der ihr viel zu groß ist. Sieht so eine der gefährlichsten Serienmörderinnen Deutschlands aus?

Sie schaut in den Himmel, der genauso grau ist wie die Mauer, die die Strafanstalt umgibt. Sechsundzwanzig Jahre hat sie hinter dieser Mauer gelebt. Jetzt ist Maria J., die in die deutsche Kriminalgeschichte als »Schwarze Witwe« einging, wieder frei. Sie ist fünfundfünfzig Jahre alt.

Zwei Ehemänner und drei Liebhaber hat sie heimtückisch vergiftet, dafür hat sie das Landgericht München 1994 zu lebenslanger Haft verurteilt.

Sie habe Männer gehasst, hat Maria J. vor Gericht gesagt. Bereits mit zwölf Jahren sei sie vergewaltigt worden, alle Männer hätten sie misshandelt. Das Gericht sah das anders, das einzige Motiv für ihre Taten wäre Geldgier gewesen. Denn Maria J. war eiskalt und geplant vorgegangen: Sie suchte sich ihre Opfer per Anzeige quer durch Deutschland, vorzugsweise sehr viel ältere Männer ohne Anhang, sie mordete in unterschiedlichen Städten, so dass es Jahre gedauert hatte, bis die Polizei ihr auf die Spur gekommen war.

Heimtücke, befand das Gericht und erkannte darin die besondere Schwere der Schuld. Elf Jahre mehr als die Mindestzeit, die ein lebenslänglich Verurteilter regulär absitzen muss, bevor man ihn auf Bewährung entlassen kann – so schwer wog ihre besondere Schwere der Schuld. Aber ist Maria J. jetzt keine Gefahr mehr für die Allgemeinheit?

Sie bedaure ihre Taten aufrichtig, war aus Justizkreisen zu hören.
Ist das glaubhaft? Kann eine Frau, die bereits mit 19 Jahren ihren ersten Mord begangen hat, aufhören mit dem Töten? Fünf Morde konnten ihr nachgewiesen werden, sie hat diese Morde vor Gericht gestanden. Dabei waren die Taten von Maria J. jahrzehntelang unentdeckt geblieben. Sie war so versiert im Giftmischen, dass sie ihre Opfer kurz vor ihrem Ableben ins Krankenhaus hatte bringen lassen, wo sie dann elendig krepierten. Aber kein Arzt kam auf den Gedanken, dass es sich nicht um eine natürliche Todesursache handelte. Erst die uneheliche Tochter ihres zweiten Ehemanns, die keinen Kontakt zu ihrem Vater gehabt hatte, war durch das Nachlassgericht auf die Spur von Maria J. gekommen. Ihr war aufgefallen, dass ihr Vater, zwei Tage nachdem er sein Testament zugunsten seiner jungen Ehefrau geändert hatte, plötzlich und unerwartet gestorben war. Sie ging zur Polizei und brachte damit den Stein ins Rollen.

Ich legte die Zeitschrift beiseite und griff mit zitternden Fingern nach meinem Tablet. Bei Wikipedia gab ich das Wort *Arsen* ein. Und da stand es, klar, deutlich, unmissverständlich: »*Aufgrund der toxischen Eigenschaften von Arsenverbindungen wurde früher überwiegend Arsenik zur Haltbarmachung von Wirbeltieren (Taxidermie) als Insektizid verwendet.*« Laut Wikipedia sogar bis 1996.

Oh mein Gott, das war es. War ich so verdammt blind gewesen? Als ich den Artikel über Lorettas Freilassung in der Arztpraxis gefunden hatte, war mir klar geworden, dass wir die ganze Zeit die mögliche Täterin nicht auf dem Schirm gehabt hatten. Weil Loretta zum Zeitpunkt von Claudias Vergiftung erst zwölf Jahre alt war. Als ich ihr Foto in der Zeitschrift sah und las, dass sie sechsundzwanzig Jahre wegen verschiedener Giftmorde im Knast gesessen hat, da hat mich diese Erkenntnis umgehauen. Natürlich, Loretta! Sie war in unserem Haushalt damals ein- und ausgegangen, schließlich war sie Claudis beste Freundin. Sie hatte ganz genau gewusst, dass nur Claudia diese Kirschsauce aß. Aber wie hätte so ein Kind an Arsen kommen können, wenn es schon für Erwachsene so gut wie ausgeschlossen war?

Ich schaute auf das in Silber gerahmte Foto von Claudi und dem Meerschweinchen. So viele Nächte habe ich dieses Bild angeschaut, mich so oft gefragt, was wirklich in jener Julinacht geschehen war. Dabei hatte ich des Rätsels Lösung ständig bei mir, immer vor den Augen. War ich so verdammt blind gewesen?

Der Tag im Februar 1985, an dem Loretta in Claudias Zimmer Sachen zusammengesucht hat, wurde vor meinem inneren Auge wieder lebendig.

Ich hatte Loretta in Claudis Zimmer allein gelassen, nicht nur, um ihr die Gelegenheit zu geben, unbeobachtet in Claudis Sachen zu wühlen, sondern auch, um ihr einen endgültigen Abschied von ihrer Freundin zu ermöglichen.

Jürgen lag auf dem Sofa und schaute in die Glotze.

Ich weiß nicht, wie viel Zeit vergangen war, als Loretta die Wohnzimmertür öffnete.

»Ich habe ne Frage«, sagte sie.

»Ja?«

»Das Meerschweinchen, wo isn das Meerschweinchen?«

Jürgen und ich schauten uns an. Dieses verfluchte Meerschweinchen. Paulchen. Wir hatten Claudi ein Meerschweinchen geschenkt, nachdem Jürgen und ich uns getrennt hatten. Wir hatten das Gefühl, sie brauchte einen kleinen Kameraden, dem sie ihren Kummer erzählen und bei dem sie ein wenig Trost finden konnte. Das Meerschweinchen war sechs Jahre alt geworden, liebevoll umhegt und gepflegt von unserer Tochter.

Als Paulchen starb, hat Claudi tagelang geheult. Anstatt das putzige Tierchen im Wald zu vergraben, hat sie uns angefleht, Paulchen ausstopfen zu lassen. Diesen Floh hatte Loretta ihr ins Ohr gesetzt, ihr Onkel war Tierpräparator. Und so waren Lorettas Onkel zu einem Auftrag und wir zu einem ausgestopften Tier gekommen. Ich fand das tote Tier so widerwärtig, dass ich Claudi gebeten hatte, es mit zu Jürgen zu nehmen, weil ich mich vor dem Ding geekelt hatte.

»Tote Tiere kommen mir nicht ins Haus«, hatte Jürgen gesagt. So war Paulchen wieder in meiner Wohnung gelandet.

Gott sei Dank hatte sich Claudis Interesse sehr schnell auf andere Gebiete verschoben, so dass Paulchen nur noch Staub ansetzte und Platz wegnahm.

Erst haben wir ihn gemeinsam in einen Schrank geräumt, Monate später in den Keller gebracht. Und dann habe ich ihn still und heimlich entsorgt.

»Den gibt es nicht mehr«, sagte ich also zu Loretta.

»Schade, der war wertvoll«, sagte sie. »Ich bin jetzt fertig.«

Ich hatte sie sofort erkannt auf dem Foto in der Zeitschrift. Loretta Maria Jentsch, die beste Freundin meiner Tochter. Aber sie war erst zwölf, als Claudi starb. Konnte das sein? Ich konnte den Verdacht, der in mir hochstieg wie überkochende Milch, körperlich fühlen. Ja, es konnte nicht nur sein, ich wusste instinktiv, dass ich der Lösung des Rätsels ziemlich nahegekommen war.

Wieso hatte ich von diesem spektakulären Prozess nichts mitbekommen? Ich hätte mich doch sofort mit der Polizei in Verbindung gesetzt. Allerdings war ich 1994 in Afrika und hatte andere Sorgen als irgendeine Giftmischerin in Deutschland. Ich schaute hinaus auf das grüne Tal zu meinen Füßen, und dann fiel mir ein, wo ich 1994 gewesen war. In Ruanda – im Land der tausend grünen Hügel.

Was war ein Mordprozess in Deutschland gegen den Völkermord in Ruanda. Schätzungen gingen von mehr als achthunderttausend Tutsi aus, die von der Mehrheit der Hutu abgeschlachtet worden waren. Die einhundert Tage von Ruanda waren wohl das Brutalste und Grausamste, was ich in meiner Zeit in Afrika erlebt hatte.

Mein Blick fiel auf die *Reader's-Digest*-Sammlung meines Vaters, für die ich nie mehr als ein abfälliges Lächeln übriggehabt hatte.

Ich stemmte mich aus seinem Lehnstuhl hoch und suchte nach dem 1994er-Jahrgang. Da ich keine Ahnung hatte, in welchem Monat ich suchen musste, nahm ich mir alle Hefte des Jahrgangs aus dem Regal und schleppte sie zu dem kleinen Tisch neben dem Lehnstuhl. Ich wurde sehr schnell fündig. In der Mai-Ausgabe des Jahres 1994 fand ich folgenden Artikel:

Reader's Digest

Lebenslang für die Schwarze Witwe

Sie ist hübsch, zierlich und sieht harmlos aus. Dabei ist Maria J., 29, trotz ihrer jungen Jahre bereits eine der gefährlichsten Serienmörderinnen Deutschlands. Jetzt hat sie die Erste Große Strafkammer des Landgerichts München in einem spektakulären Prozess zu lebenslanger Haft verurteilt. Das Gericht sah es als erwiesen an, dass auf das Konto von Maria J. mindestens fünf eiskalte Morde gehen. Die Frau hatte zwei Ehemänner und drei ihrer Liebhaber vergiftet, was ihr den Namen »Schwarze Witwe« einbrachte.

Früh übt sich, was eine Meisterin werden will. Den Mord an ihrem ersten Ehemann hat sie mit 19 Jahren begangen.

»Er hat mich geschlagen«, sagte sie vor Gericht. Der Unternehmer Helmut F. verstarb drei Monate nach ihrer Hochzeit, er war zweiunddreißig Jahre älter als sie. Sie habe ihn nicht mehr

ertragen, gab sie vor Gericht zu. Anfangs hat sie mit Arsen gemordet und nach Verabreichung des Gifts so lange damit gewartet, den Notarzt zu rufen, bis der Tod eingetreten war.

Maria J. verstand es meisterlich, die Morde so zu vertuschen, dass der hinzugezogene Notarzt eine natürliche Todesursache bescheinigte. Zu diesem Zeitpunkt spielte Arsen in der Forensik bereits keine Rolle mehr, da Arsen zum einen leicht nachgewiesen werden konnte und außerdem quasi nicht mehr erhältlich war.

Deshalb stieg Maria J. später auf leichter zu beschaffende Mittel um: Sie tötete ihre Männer unter anderem mit blutzuckersenkenden Mitteln in Kombination mit einem Antidepressivum und Eisbeuteln. Die Männer starben einen langsamen Erfrierungstod. Und Maria J. hat die Methode so perfektioniert, dass sie genau den richtigen Zeitpunkt abpasste und dann den Notarzt rief. Die noch lebenden Opfer wurden ins Krankenhaus gebracht und starben dort innerhalb der nächsten Stunden.

Wo kein Kläger war, war kein Richter: Bei ihren letzten Opfern hatte sie darauf geachtet, dass diese älter und – vermeintlich – ohne Familie waren, so dass niemand ihr das Erbe streitig machen konnte. Sie hatte ihre Opfer immer erst dann getötet, nachdem diese ihr das Vermögen testamentarisch vermacht hatten.

Die Polizei kam der Frau auf die Spur, nachdem die uneheliche Tochter ihres zweiten Ehemanns Gerhard sie nach dem Tod ihres Vaters angezeigt hatte. Durch das Nachlassgericht hatte die Frau vom Ableben ihres Vaters erfahren. Ihr fiel auf, dass ihr Vater zwei Tage, bevor er starb, sein Testament zugunsten seiner jungen Ehefrau geändert hatte. Eine Obduktion ergab, dass B. eine große Dosis blutdrucksenkender Mittel im Blut hatte. Dabei war Gerhard B. weder Diabetiker, noch war er aus einem anderen Grund auf blutzuckersenkende Mittel angewiesen.

Die Berichterstattung in den Medien über den Mord an Gerhard B. brachte den Stein ins Rollen, denn dadurch wurden die Angehörigen von Peter H. in Augsburg auf den Fall aufmerksam. Peter H. war einige Jahre zuvor den plötzlichen Herztod gestorben, als er mit Maria kurzzeitig zusammengelebt hatte. Die Angehörigen hatten sich um das Erbe betrogen gefühlt. Sie zeigten Maria J. an. Als die Urne von Peter H. exhumiert wurde, befand sich in der Asche eine große Konzentration von Arsen. Daraufhin ermittelte die Münchner Mordkommission im Leben der Maria J. Ein weiterer Liebhaber der Frau war in Solingen unter ähnlich mysteriösen Umständen verstorben.

Die Spur von Maria zog sich einmal quer durch Deutschland: Sie hatte sich per Anzeige Männer in den unterschiedlichsten Gegenden gesucht, immer andere Ärzte und Apotheken aufgesucht, ihre Opfer in unterschiedliche Kliniken einliefern lassen, so dass ihr perfides Treiben jahrelang nicht auffiel.

Fünf Tötungsdelikte konnte die Polizei Maria J. nachweisen, sie hat die fünf Morde auch vor der Ersten Strafkammer am Landgericht München gestanden.

Im Zuge des Prozesses wurde auch nach einem Motiv geforscht. Maria B. führte an, dass sie aus einfachen Verhältnissen stammte, ihre Eltern waren beide Alkoholiker. Sie sagte aus, sie habe im Zusammenhang mit Männern schwere Enttäuschungen erlebt, sie sei bereits als Zwölfjährige regelmäßig missbraucht worden. Deshalb habe sie einen regelrechten Hass auf Männer

entwickelt. Sowohl ihre Ehemänner als auch ihre Liebhaber hätten sie geschlagen und respektlos behandelt.
Das Gericht erkannte ihre Einlassungen als nicht glaubwürdig an, sondern nahm finanzielle Begehrlichkeiten als Motiv an, was die besondere Schwere der Schuld erklärte.

DER RECHTSANWALT – STUTTGART 2019

Loretta! Warum war niemand von uns jemals zuvor auf die Idee gekommen, dass sie die Mörderin meiner Tochter gewesen sein könnte. Niemand hatte geahnt, dass Loretta Zugang zu Arsen gehabt hatte. Und auch wenn, warum sollte ein zwölfjähriges Mädchen ihre beste Freundin umbringen? Mir fehlte noch das Motiv. Und ich brauchte Gewissheit.

Nach langem Nachdenken kam ich zu dem Schluss, dass mir nichts anderes übrigblieb, als mit der Frau zu sprechen. Ob sie mir die Wahrheit sagen würde? Man würde ihr den Mord an meiner Tochter nach dieser langen Zeit kaum nachweisen können, zumal ja bekannt war, dass Claudia an einer Arsenvergiftung gestorben war. Und dafür war bereits jemand anderer verurteilt worden. Loretta hatte für »mindestens« fünf Morde, wie das Gericht befand, ihre Strafe abgesessen, kam es da auf einen Mord mehr oder weniger noch an? Hatte sie überhaupt noch etwas zu befürchten?

Langsam kochte die Wut in mir hoch. Loretta war es, ich war fest davon überzeugt, dass sie es war. Der letzte Puzzlestein hatte das Bild vervollständigt. Je länger ich darüber nachdachte, desto wütender wurde ich. Denn diese Tat hatte nicht nur meine Tochter ihr Leben gekostet. Auch Wölfchen und Jürgen sind an den Folgen gestorben. Und ein Teil von mir. Ehrlich, ich bin eine friedliebende Frau. Auch wenn ich ein wenig abgestumpft bin durch die vielen Kriege und Krisen, die ich miterlebt habe. Ich war an die dunkle Seite der Menschen, an ihre Brutalität und Kälte gewöhnt.

Aber in meiner Fantasie hätte ich diese Tussi jetzt am liebsten aufgespießt und über offenem Feuer gekocht. Die Wut überschwemmte mich wie eine Pazifikwelle und nahm mir fast die Luft zum Atmen. Bilder aus den Büchern meiner Kindheit von menschenfressenden Wilden fielen mir ein. Erst am Marterpfahl in der Sonne schmoren lassen, dann im Nasenring durch die Arena ziehen und zum Schluss ab in den Suppenkessel. Oh Gott, so hatte man in den Fünfzigerjahren Afrika in Zeichnungen dargestellt. Wie schrecklich.

Aber ich war keine menschenfressende Wilde im *Krale der Ovambo*, sondern eine alte, kranke, aber zumindest welterfahrene Frau. Wenn ich Rache nahm, dann musste sie zumindest genauso wehtun wie die Nummer mit dem Suppenkessel. Nur musste ich das ein wenig eleganter erledigen. Diese Frau hatte mir einen Teil meines Lebens gestohlen. Dafür sollte sie in der Hölle schmoren.

Was ich brauchte, war zunächst eine gute Rechtsberatung. Mein Problem war, dass ich niemanden in Stuttgart kannte. Für die Nachbarn meiner Eltern war ich die böse

Tochter, die sich nie um ihre Eltern gekümmert hatte und sich jetzt in ihrem Haus breitmachte.

Während meiner langen Abwesenheit hatte ich die obere Etage als Wohnung an ein Ehepaar vermietet mit der Auflage, dass die Räume meiner Eltern regelmäßig gesäubert, gelüftet und im Winter zumindest so weit beheizt wurden, dass die Rohre nicht platzten. Die beiden haben sich außerdem um den Garten gekümmert, was mit der Obstplantage eine echte Aufgabe war. So hatte ich in den Jahren, in denen ich für UNHCR tätig war, immer eine Zuflucht, die ich aber nie genutzt habe.

Im Urlaub bin ich lieber ans Meer gefahren, ich liebe das Meer, vor allem die wilderen Ausgaben, also den Pazifik, den Atlantik oder auch die Nordsee. Meer, fand ich, muss man spüren. In den Lungen, in den Ohren, in den Haaren und in der Nase.

Ich ging an den Sekretär, das Lieblingsstück meines Vaters, der immer abgeschlossen war. Dort bewahrte ich nicht nur die Pistole meines Vaters auf, die er sich in seiner Einbrecher-Paranoia was weiß ich wo gekauft und immer neben seinem Bett liegen hatte, sondern auch eine Kopie des Testaments meiner Eltern. Welchem Rechtsanwalt hatten meine Eltern vertraut? Dr. Michael Wolter, Rechtsanwalt und Notar, stand auf der Beglaubigung. *Mal sehen, ob Dr. Wolter noch lebt*, sagte ich mir und griff zum Handy.

Er lebte nicht nur, er praktizierte auch noch, und er hatte für mich einen Termin.

Also wurde ich in der darauffolgenden Woche bei

Dr. Wolter vorstellig. Er war gar nicht so alt, wie ich erwartet hatte, ich schätzte den Mann mit den vollen graumelierten Haaren auf Ende fünfzig.

»Ach«, sagte er, als ich ihm erzählte, wie ich auf ihn gekommen war, »ich erinnere mich. Sie sind also die Tochter. Ich verstehe.«

Was er damit meinen würde, fragte ich ihn.

»Dass ich mir ein ganz anderes Bild nach den Einlassungen Ihres Vaters gemacht habe. War sicher nicht einfach mit den beiden.«

Ich lächelte. »Nein«, sagte ich. »War es nicht.«

»Was kann ich für Sie tun?«, fragte er.

»Ich brauche Ihren Rat. Kann ich mich auf Ihr anwaltliches Schweigen verlassen?«

»Selbstverständlich, das ist unser Geschäftsmodell«, sagte er lächelnd. Der Mann war mir nicht unsympathisch. »Dann schießen Sie mal los.«

»Ja, das mit dem Schießen ist nicht so ganz einfach«, begann ich mit meinem Anliegen. Dr. Wolter hörte gespannt zu, stellte ab und an eine Zwischenfrage.

Als ich geendet hatte, sagte er: »Ich darf dann also mal zusammenfassen. Sie glauben zu wissen, wer Ihre Tochter getötet hat. Jetzt wollen Sie sich rächen, und Sie wollen nun von mir wissen, was das Schlimmste ist, was Ihnen passieren kann.«

»Exakt.«

»Sie wissen aber, dass ich kein Anwalt für Strafrecht bin.«

»Sie sind Anwalt, die Grundzüge des deutschen Rechts sollten Ihnen doch geläufig sein«, wandte ich ein.

»Natürlich. Also das Schlimmste, was Ihnen passieren kann, ist lebenslang ins Gefängnis geschickt zu werden. Und das würden Sie, egal was die Frau Ihnen angetan hat. Denn wenn man Ihnen nachweisen kann, dass Sie die Tat vorbereitet haben, ist das ein Mordmerkmal, von einer Tötung im Affekt kann man also nicht sprechen. Es sei denn, Sie lassen es aussehen wie eine Tötung im Affekt.«

»Und wie lange müsste ich dann ins Gefängnis?«

»Fünf Jahre.«

»Und wenn mir jemand dabei hilft?«

»Sie meinen, einen Mord in Auftrag geben? Das würde Sie nicht vor einer Mordanklage schützen.«

»Nein, ich meine, wenn mir jemand hilft, zuarbeitet. Was würde derjenige zu erwarten haben?«

»Kommt darauf an, ob derjenige wusste, was Sie vorhaben, dann wäre das Beihilfe zum Mord. Wenn Sie also Hilfe benötigen, sollten Sie denjenigen nicht in Ihr Vorhaben einweihen.«

»Was ist denn, wenn ich der Frau den Mord an meiner Tochter nachweise?«, fragte ich den Anwalt.

»Und wie wollen Sie das machen? Die Indizien sind bereits in einem Prozess ausgewertet worden.«

»Und wenn ich ein Geständnis von ihr mitschneide?«

»Zunächst einmal ist es gesetzeswidrig, von einem Gespräch ungefragt eine Tonaufnahme zu erstellen. Das ist ein Straftatbestand, der sich auch nicht wirklich lohnt. Sie könnte später jederzeit behaupten, Sie hätten gelogen. Sie wird Ihnen kaum freiwillig den Mord an Ihrer Tochter gestehen. Außerdem würde sie später sagen können, Sie hätten das Geständnis erpresst. Und noch etwas gibt es zu bedenken: Die Frau war zum Zeitpunkt des Todes Ihrer Tochter selbst noch ein Mädchen von zwölf Jahren. Also nicht strafmündig.«

Das hatte ich überhaupt nicht auf dem Schirm gehabt. Dr. Wolter belehrte mich dann noch, dass man in Deutschland nicht zu mehr als lebenslang verurteilt werden könne. Alles andere regele die besondere Schwere der Schuld.

»Früher konnte das Gericht Strafen wie dreimal lebenslänglich verhängen«, sagte er. »Das gibt es nicht mehr. Lebenslang heißt genau das, was es ist: lebenslang. Allerdings würde die Frau, die ja jetzt auf Bewährung draußen ist, sofort ins Gefängnis zurückgeschickt werden, sollten Sie ihr einen weiteren Mord nachweisen können. Nur mal ehrlich, wie wollen Sie ihr nachweisen, dass sie damals Ihre Tochter umgebracht hat. Also ich sehe da so gut wie keine Möglichkeit.«

Ich nickte. »Gut, ich werde mir meine Schritte sorgfältig überlegen. Aber wenn ich schon mal hier bin, kann ich auch mein Testament machen.«

»Gern. Wem wollen Sie denn Ihr Vermögen vermachen?«, fragte Dr. Wolter.

»Der Flüchtlingshilfe der UNO. Für die habe ich lange gearbeitet. Das Haus meiner Eltern müsste dazu nach meinem Ableben verkauft werden.«

»Das muss ein Nachlassverwalter übernehmen«, sagte Dr. Wolter.

»Kann ich Sie mit dieser Sache betrauen?«

»Selbstverständlich«, sagte er.

So hatte ich an diesem Nachmittag zwei Fliegen mit einer Klappe geschlagen. Ich hatte mir die nötige Rechtsberatung geholt und meinen Nachlass geregelt. Zufrieden fuhr ich nach Bad Cannstatt zurück. Jetzt hieß es nachdenken.

DER AUFTRAG – STUTTGART 2019

Als Erstes musste ich herausfinden, wo Loretta wohnte. Dazu benötigte ich professionelle Unterstützung. Und dann brauchte ich einen todsicheren Plan.

Die Detektei Ihres Vertrauens – stand unter seinem Namen: Henri P. Schiller. Ich hatte keine Vorstellung, wie so ein Detektivbüro aussehen würde und wie diese Detekteien arbeiteten. Für Henri P. Schiller hatte ich mich entschieden, weil mir seine Website am seriösesten vorkam. Und weil ich kein großes, anonymes Detektivbüro wollte, in dem ich an irgendeinen Mitarbeiter weitergeleitet wurde. Ich wollte nur einen Ansprechpartner haben, und zwar den Chef. Den, der sich auf die Suche begeben würde. Und Henri P. Schiller schien genau das zu bieten. Von seiner Website her schaute er mich mit einem vertrauenerweckenden Lächeln an. Ich rief also bei Henri P. Schiller an und vereinbarte mit seiner Sekretärin einen Termin.

Zwei Tage später fuhr ich mit dem Aufzug in dem modernen Bürohaus in der Büchsenstraße in die oberste Etage. Ganz so schlecht wie in den Kriminalromanen von Raymond Chandler schien es den heutigen Detektiven nicht zu gehen. Das Gebäude strahlte eine ruhige Funktionalität aus, das Büro war durch seine Glaswände lichtdurchflutet. Im Empfangsbereich saß eine mittelalte Frau mit einem modischen Haarschnitt hinter einem schicken Tresen.

»Fowler«, stellte ich mich vor, »ich habe einen Termin mit Herrn Schiller.«

»Und hier bin ich schon.« Ein mittelalter, mittelgroßer Mann mit beginnender Stirnglatze kam mir entgegen. »Frau Fowler, nehme ich an«, sagte er und reichte mir die Hand.

Ich beglückwünschte mich innerlich zu meiner Wahl, der Mann war mir auf Anhieb sympathisch.

Ich folgte ihm in ein mit weißen Tischen ausgestattetes, kleines Konferenzzimmer, das nur mit einer Glaswand von dem Empfangsbereich abgeteilt war.

»Kaffee?«, fragte die Sekretärin.

»Gern«, sagte ich, »schwarz, wenn es geht.«

Schiller setzte sich mir gegenüber und fragte, was er denn für mich tun könne.

»Wie viel Zeit haben Sie bis zum nächsten Termin?«

Er lächelte. »So schlimm?«

»Wollen Sie nur wissen, warum ich hier bin, oder auch die Hintergründe erfahren? Die Hintergründe dauern ein wenig länger«, sagte ich und lächelte ebenfalls.

»Fangen wir doch erst mal mit dem Warum an und kommen dann zu den Hintergründen«, schlug er vor.

Ich zog die inzwischen ziemlich zerfledderte Zeitschrift aus der Tasche und legte den Artikel aufgeschlagen auf den Tisch.

»Könnten Sie für mich diese Frau finden?«, fragte ich.

Henri P. Schiller zog den Artikel zu sich heran und begann zu lesen.

»Hhm, Maria J., Name von der Redaktion geändert. Allerdings dürfte es kein Problem sein, den richtigen Namen der Frau herauszufinden.«

»Das ist kein Problem. Die Frau heißt, oder hieß zumindest früher, Loretta Jentsch. Ich weiß nicht, welchen Namen von welchem Ehemann sie angenommen hat oder ob überhaupt.«

Schiller lächelte. »Dann dürfte das noch weniger ein Problem sein. Kommen wir also zu den Hintergründen.«

Die Sekretärin brachte den Kaffee. Und ich begann zu erzählen. Nicht alles, aber doch genug.

Henri P. Schiller machte sich zwischendurch Notizen.

»Darf ich Sie fragen, wofür Sie diese Adresse benötigen?«, fragte der Detektiv, nachdem ich geendet hatte.

»Ich möchte mit Loretta sprechen. Ich muss sie etwas fragen, was ich damals nicht gefragt habe.«

»Was versprechen Sie sich davon, Frau Fowler? Glauben Sie, dass Loretta Ihre Tochter getötet hat?«

»Ich weiß es.«

»Aber das werden Sie heute nicht mehr beweisen können«, sagte Schiller. »Der Fall ist so kalt wie der Nordpol. Es ist jemand für den Mord an Ihrer Tochter rechtskräftig verurteilt worden, kein Staatsanwalt würde den Fall heute erneut aufrollen. Es sei denn, es gäbe neue Beweise.«

»Das ist mir ebenfalls bewusst«, sagte ich.

Der Detektiv kniff die Augen zusammen. Und dann tat er etwas, was mir wiederum bewies, dass ich den richtigen Partner gefunden hatte, für das, was ich plante.

»Liebe Frau Fowler, bitte nehmen Sie es mir nicht übel. Aber wenn Sie vorhaben sollten, sich an der Frau für den Tod Ihrer Tochter zu rächen, dann muss ich diesen Auftrag leider ablehnen, so gern ich Ihnen helfen würde.«

»Wenn Sie glauben, dass ich jemanden beauftragen würde, die Frau zu töten, dann sind Sie auf dem Holzweg. Nein, ich verspreche Ihnen, ich will nur mit der Frau reden.«

»Sie wollen Sie also nicht erschlagen, erschießen oder über den Haufen fahren?«

»Natürlich würde ich das am liebsten tun«, sagte ich, »aber ich will wirklich nur mit ihr reden. Sehen Sie, ich habe ein halbes Leben mit dem Schicksal gehadert, ich habe mir den Kopf zerbrochen, wie das alles geschehen konnte, mein Gefühl hat mir immer gesagt, dass das so, wie es später dargestellt wurde, nicht gewesen sein konnte. Jetzt bin ich eine alte, kranke Frau, und alles, was ich mir wünsche, ist mein Seelenfrieden. Ich will wissen, dass nicht ich schuld daran war, dass meine Tochter, mein Lebenspartner und mein Exmann nicht mehr leben, weil mir in der Partnerwahl jegliche Menschenkenntnis abhandengekommen war. Können Sie sich das nicht vorstellen?«

Henri P. Schiller nickte. »Doch«, sagte er. »Doch, das kann ich.«

Er stand auf und bat seine Sekretärin, ihm ein Vollmachtsformular zu bringen. »Sie haben mich nicht mal gefragt, wie viel Sie das kosten würde«, stellte er fest.

»Das ist mir egal. Ich nehme an, Sie rechnen nach Tagessätzen ab, es dauert so lange, wie es dauert.«

»Ich schätze, dass es weniger lange dauern wird als unser Gespräch heute«, sagte der Detektiv. »Wenn ich die Frau für Sie gefunden habe, sollten wir noch mal miteinander reden. Vielleicht kann ich Ihnen ja noch ein bisschen weiterhelfen.«

Ich nickte. »So machen wir das«, sagte ich und stand auf.

Als ich die Detektei verließ, sah ich im Spiegel des Fahrstuhls, dass ich lächelte.

SCHILLERS IDEE – STUTTGART 2019

Henri P. Schiller war schneller als der Schall. Bereits am Tag nach meinem Besuch in seiner Detektei rief er mich an. Ich möge doch bitte vorbeikommen, er wisse jetzt, wo Loretta wohne. Das hieß: Wir müssen reden.

Zumindest das lief schon mal so, wie ich es mir vorgestellt hatte. Wir verabredeten uns für den darauffolgenden Tag.

Henri P. Schiller strahlte, als ich sein Büro betrat. Seine Sekretärin, die er mir als Tine Mellerowicz vorgestellt hatte, brachte wie beim ersten Mal Kaffee in den kleinen Konferenzraum hinter der Glasscheibe.

»Tja, liebe Frau Fowler, das war nun eine unserer leichtesten Übungen«, sagte er. »Wir haben von ihrem Bewährungshelfer erfahren, dass Loretta Jentsch, wie sie sich jetzt wieder nennt, nach Berlin übergesiedelt ist.«

»Alle gehen zum Sterben zurück nach Hause. Wo wohnt sie?«

»Noch mal, liebe Frau Fowler, was genau wollen Sie mit der Adresse anfangen? Ihnen muss klar sein, dass wir nicht gerade verdeckt nach der Adresse geforscht haben. Sollte also Frau Jentsch etwas passieren, würde die Polizei sofort zu uns geleitet werden.«

»Ich sagte doch bereits, ich will nur mit ihr reden.«

»Sie wollen keine Rache nehmen?«

»Ich will erst mal nur die Wahrheit erfahren.«

»Wir haben ein wenig nachgedacht. Sie können die Frau nicht anzeigen, selbst wenn sie Ihnen den Mord an Ihrer Tochter gesteht. Es gibt keinerlei Indizien, die gerichtsfest eine Schuld von Frau Jentsch beweisen.«

»Stimmt. Was ist denn, wenn ich das Gespräch mitschneide?«, fragte ich.

Henri P. Schiller betrachtete mich mit zusammengekniffenen Augen. »Sie wissen, dass das strafbar ist. Sie benötigen ihre Einwilligung.«

»Das weiß ich. Aber vielleicht sagt sie etwas, was Sie später verwenden können, um ihr eine Falle zu stellen.«

Henri P. Schiller atmete tief ein. »Wie meinen Sie das?«

»Könnte doch sein, dass sie etwas erwähnt, was Sie ihr nachweisen könnten.« Ich sah ganz deutlich, wie Henri P. Schiller nachdachte. Seine Integrität stritt gerade mit seinem natürlichen Bedürfnis, einen weiteren Auftrag zu ergattern.

»Und wie stellen Sie sich das vor? Einen Rekorder in der Tasche? Mit dem Handy?«

»Warum nicht, haben Sie eine bessere Idee?«

»Nun, wir könnten Sie verkabeln. Und Ihnen ein Knopfmikrofon verpassen.«

»Und was soll daran besser sein, als mit einem Diktiergerät in der Tasche aufzunehmen?«

»Ich lasse Sie auf keinen Fall allein zu der Frau gehen.

Sie ist eine skrupellose Serienmörderin, die auf keinen Fall wieder ins Gefängnis will. Ich biete Ihnen meinen Schutz an. Das heißt, ich bleibe in der Nähe, beispielsweise vor ihrem Haus, und höre alles mit. Sollte es gefährlich werden, eile ich Ihnen sofort zu Hilfe.«

»Das würden Sie tun?«

»Das würde ich tun. Wenn Sie es wollen und mich damit beauftragen. Das wäre allerdings auch meine Bedingung, damit ich Ihnen die Adresse der Frau gebe. Alles andere wäre mir zu riskant.«

»Soll heißen, Sie trauen mir nicht?«

»Ehrlich gesagt: diesbezüglich nein. Wenn die Frau meine Tochter getötet hätte, würde ich mir selbst nicht trauen.«

Ich lächelte ihn an. »Und was kostet mich das?«

»Nun, das kommt darauf an, wie lange ich in Berlin bleiben muss. Ich nehme an, Sie wollen erst mal einen Termin machen. Wenn das Gespräch nicht zustande kommt, dann brauchen Sie mich auch nicht zu bezahlen. Wie klingt das?«

Ich blickte aus dem Fenster. Ja, genauso hatte ich mir das vorgestellt.

»Das klingt gut, glaube ich. Obwohl ich keine Angst vor ihr habe. Sehen Sie, ich war in meinem Leben in weit gefährlicheren Situationen.«

»Ich habe auch eine Berufsehre, Frau Fowler.«

»Okay, so machen wir das. Also, geben Sie mir jetzt die Adresse?«

»Nein, die bekommen Sie nicht. Nicht jetzt. Die gebe ich Ihnen in Berlin.«

»Ich hätte nicht gedacht, dass ich so wenig vertrauenerweckend daherkomme«, sagte ich.

»In meinem Beruf hat man gelernt, dass die am seriösesten aussehenden Menschen die tiefsten Abgründe haben. Will sagen, ich traue niemandem, grundsätzlich.«

»Ich muss aber ein Treffen vorbereiten, dazu wäre es gut, wenn ich sie – natürlich rein zufällig – auf der Straße treffen würde.«

»Gibt es denn einen zwingenden Grund, warum sie überhaupt mit Ihnen reden sollte, vielleicht könnten Sie ein wenig Druck auf sie ausüben.«

»Darüber denke ich auch schon die ganze Zeit nach. Ich dachte mir so etwas wie: Ich weiß, dass du meine Tochter ermordet hast. Es gibt jetzt zwei Möglichkeiten, entweder ich gehe zur Polizei, oder du erzählst mir den Grund.«

»Und Sie meinen, das zieht? Ich fürchte, dazu ist sie zu eiskalt. Das steht die durch«, sagte Henri P. Schiller.

»Haben Sie eine bessere Idee?«

»Wir haben darüber schon nachgedacht«, sagte Schiller.

»Wir?«

»Tina und ich.«

Aha.

»Die Frau hat sicher noch ein paar mehr Morde auf dem Gewissen. Ich habe mich mit dem damaligen Chef der Mordkommission kurzgeschlossen, die die Fälle untersucht hat. Er ist ein alter Freund meines Vaters. Peter Giebel, so heißt er, hatte natürlich versucht, alle ihre Verbindungen aufzuspüren. Er geht davon aus, dass sie noch mehr Menschen auf dem Gewissen hat. Es gab auch Verdachtsmomente, aber die waren nicht gerichtsfest zu machen. Also konzentrierten sie sich auf die fünf Morde, die sie ihr einwandfrei nachweisen konnten, und das sind die einzigen, die sie zugegeben hat.«

»Und was soll uns das helfen?«

»Bevor sie ihren ersten Mann umgebracht hat, gab es noch mehr Todesfälle in ihrer unmittelbaren Umgebung, das heißt in Berlin. Zum Beispiel ist Lorettas Mutter in der Badewanne ertrunken. Ihr Onkel ist durch einen Arbeitsunfall gestorben.«

»Der Tierpräparator?«

»Sie kannten ihn?«

»Nein, aber ich glaube, dass sie von ihm das Arsen hatte.«

»Wieso das denn?«

»Weil Arsenik zum Haltbarmachen von Tierkadavern dient. Es sorgt dafür, dass das Fell frei von Ungeziefer bleibt.«

»Ja, das hat man damals wohl auch angenommen bei seinem Tod, dass er sich an einer der Chemikalien vergiftet hat, und es deshalb als natürliche Todesursache eingestuft.«

»Das ist allerdings eine Information, die ich brauchen kann, um sie zu einem Treffen zu bewegen.«

Wir vereinbarten einen Preis und verabredeten, dass wir

uns in der kommenden Woche in Berlin im Hotel *Interconti* treffen wollten.

Beschwingt ging ich nach Hause.

FAMILIE MARTENS –
2019 STUTTGART-BAD CANNSTATT

Ich drückte mir selbst die Daumen, als ich in meinem alten Telefonbuch die Nummer von Helmut, Wölfchens Vater, fand. Ich hatte keine Ahnung, ob er noch lebte, er musste auf jeden Fall in seinen Neunzigern sein. Aber vielleicht lebte noch seine Frau Luzie, Wölfchens Mutter. Sie war, wenn ich mich richtig entsann, sehr viel jünger als ihr Mann gewesen. Ich wählte also diese bestimmt vierzig Jahre alte Nummer. Immerhin, es tutete noch. Mein Herz schlug ein wenig schneller. Niemand da? Es wurde abgehoben. Eine recht junge Stimme sagte: »Hallo?«

»Hallo, ist da die Familie Martens?«

»Ja, wer spricht denn da?«, fragte die Frauenstimme, die ganz bestimmt nicht zu Luzie gehörte.

»Mein Name ist Fowler. Ich habe diese Nummer noch aus den Achtzigerjahren, ich suche Helmut und Luzie Martens.«

»Da haben Sie Pech, Frau Fowler, mein Mann ist vor acht Jahren gestorben«, sagte die Stimme. »Ich bin die zweite Frau Martens, Luzie Martens ist vor über dreißig Jahren gestorben.«

»Ach, das tut mir aber leid.«

»Gibt es einen bestimmten Grund, warum Sie meinen Mann suchen?«

»Ja, entschuldigen Sie bitte, ich schulde Ihnen natürlich eine Erklärung. Helmuts Sohn Wölfchen war mein Lebensgefährte. Damals hieß ich allerdings noch Wiegand«, fügte ich hinzu, in der Hoffnung, dass die Frau vielleicht schon mal von mir gehört hatte.

»Ach du Schreck! Frau Wiegand. Oh Gott, sind Sie nicht die Frau, deren Tochter Wölfchen angeblich getötet haben soll?«

»Genau die bin ich«, sagte ich. Mein Mut sank. Natürlich hatte die Frau kein Interesse daran, mir zu helfen, sie kannte meinen Namen ausschließlich vom Hörensagen, und ich konnte mir lebhaft vorstellen, dass Luzie und Helmut kein gutes Haar an mir gelassen hatten, nachdem ihr Sohn im Gefängnis ermordet worden war. Außerdem war ich danach Knall auf Fall von der Bildfläche verschwunden.

»Helmut hat mir erzählt, dass Sie nicht an die Schuld seines Sohnes geglaubt haben. Seine erste Frau ist vor Kummer über den Verlust ihres Sohnes gestorben«, sagte sie.

»Die arme Luzie.« Ich erinnerte mich an diese ruhige, sanfte Frau mit den duldsamen Augen. Sie hatte die Vorträge ihres Mannes mit engelsgleicher Geduld ertragen, sie schmiss den Haushalt und übernahm die Buchhaltung für die Werft, immer im Hintergrund bleibend. Damals war sie mir zu unterwürfig vorgekommen, mit duldsamen

Frauen hatte ich es nicht so, die erinnerten mich zu sehr an meine Mutter. Rückblickend betrachtet musste ich allerdings zugeben, dass die Generation meiner Eltern einfach aus einer anderen Zeit mit anderen Werten stammte, in der der Platz der Frau am Herd und in der Familie war und die Frau dazu bestimmt schien, ihrem Mann den Rücken freizuhalten. Meine Mutter hatte diese Aufgabe meisterlich erfüllt, und auch Luzie war mir wie eine Perle der Fünfzigerjahre-Frauen erschienen.

»Es stimmt, ich habe nie an die Schuld von Wölfchen geglaubt«, sagte ich. »Und jetzt bin ich dabei, den Mord an meiner Tochter neu aufzurollen. Ich hatte gehofft, dass Luzie oder Helmut mir dabei hätten helfen können«, sagte ich und wollte mich schon aus dem Gespräch verabschieden, als ich einen Geistesblitz hatte. »Sagen Sie, was ist eigentlich mit der Werft geschehen?«

»Die wird von meiner Tochter Lene geführt.«

»Ach, das ist ja toll, dann ist die Werft also in der Familie geblieben.«

»Ja, bis vor zwei Jahren habe ich noch die Werft geführt, aber nachdem unsere Kleene mit ihrem Betriebswirtschaftsstudium fertig war, habe ich ihr die Werft übergeben.«

»Das heißt, die Boote werden jetzt von Angestellten gebaut, und Ihre Tochter managt den Betrieb?«

»Die hat vom Bootebauen mehr Ahnung als ich, Helmut hat ihr von klein auf gezeigt, wie man Boote entwirft, baut, repariert. Andere Kinder waren auf dem Spielplatz,

Lene war in der Werft und schaute den Arbeitern bei der Arbeit zu. ›Ich muss aufpassen, dass die das auch richtig machen‹, hat sie gesagt.«

»Ach, wie süß«, sagte ich und stellte mir ein kleines Mädchen mit Zöpfen vor, das am Steg saß, mit den Füßen im Wasser plätscherte und Anweisungen gab.

»Wenn Sie sich die Werft anschauen wollen, dann ist das kein Problem. Ich sage Lene Bescheid, sie wird Sie sicherlich gern empfangen. Sie möchte so gern mehr über ihren großen Bruder erfahren, den sie ja nie kennengelernt hat.«

»Na, das nehme ich gern an. Bitte fragen Sie sie, ob sie mich mal anrufen könnte«, sagte ich und gab Frau Martens meine Telefonnummer.

»Ich bin sicher, sie meldet sich umgehend bei Ihnen. Wölfchens Tod und die schrecklichen Vorwürfe gegen ihn haben Helmut unglaublich belastet, und sie haben Luzie das Leben gekostet. Ich bin sicher, dass Lene nichts lieber tun wird, als dabei zu helfen, zumindest posthum die Wahrheit zu finden.«

Ich bedankte mich. Bisher lief alles wie Butter.

VORBEREITUNGEN – STUTTGART 2019

Lene Martens rief noch am selben Tag zurück. Ich verabredete mich mit ihr für die kommende Woche in ihrer Werft. Es wurde Zeit, dass ich mir einen Wagen mietete, damit ich nicht nur nach Berlin fahren konnte, sondern auch in der Stadt motorisiert war. Außerdem buchte ich mir ein Zimmer im *Interconti* und ein weiteres für Henri P. Schiller, drei Tage später. Nachdem ich das organisiert hatte, ging ich zum Sekretär und nahm die Pistole meines Vaters heraus. Es handelte sich allerdings um einen Revolver, wie ich dem Internet entnahm, der Unterschied war mir gar nicht klar gewesen. Darauf war ein Zeichen mit in sich verschlungenen Buchstaben S und W zu finden, ich nahm also an, dass es sich um einen »Smith & Wesson«-Revolver handelte.

Ich hatte keine Ahnung, ob das Ding überhaupt funktionierte. Munition hatte mein Vater genug, aber die Waffe war zumindest seit seinem Tod nicht angefasst also auch niemals geölt worden. Irgendwo musste ich das auf jeden Fall einmal ausprobieren, bevor ich sie mit nach Berlin nahm.

Ich fuhr mit der Straßenbahn nach Waiblingen, wo ich

mir bei Europcar einen Golf reserviert hatte. Mit dem alten Mercedes, der immer noch in Papas Garage stand, traute ich mich nicht, nach Berlin zu fahren.

Mit dem Golf fuhr ich in die Fildern. Was ich brauchte, war ein gut zu überblickendes Gelände ohne Menschen. Nachdem ich mir im Internet eine Gebrauchsanweisung für die Smith & Wesson angeschaut hatte, lud ich die Trommel mit der Munition, die ich im Schrank gefunden hatte. Und ich hatte Ersatz mitgenommen. Ob es wohl funktionierte?

Ich hatte noch nie mit einer Waffe geschossen, obwohl es Bill nicht recht gewesen war, dass ich in Afrika immer unbewaffnet blieb. Mehrmals waren wir in Situationen gekommen, in denen es gut gewesen war, dass Bill eine Waffe bei sich getragen hatte. Er musste sie nie benutzen, das Zeigen hatte gereicht. Und schließlich ist er trotz Waffe erschossen worden. Vielleicht, weil er statt seiner Waffe seinen Journalistenausweis gezogen hat. Trotzdem hatte ich mich nie dazu durchringen können, selbst so ein todbringendes Monstrum mit mir herumzuschleppen. Aber man sollte niemals nie sagen!

Ich fand ein Plätzchen, das mir geeignet für meine ersten Schießübungen erschien. Felder, so weit das Auge reichte, auf denen das berühmte Filderkraut wuchs, aus dem man das feinste Sauerkraut überhaupt kochen konnte. Das hatte mir jedenfalls meine schwäbische Mieterin versichert. Es war kein Mensch weit und breit zu sehen. Nun, ein paar der spitz zulaufenden, noch sehr kleinen Kohlköpfe würden jetzt leider dran glauben müssen. Aber immerhin hatte ich hier die Umgebung gut im Blick, so dass ich nicht aus Versehen ein Tier oder einen Menschen treffen konnte. Ich entsicherte die Waffe und zog den Hahn. Peng! Ein Kohlkopf einige Meter weiter explodierte. Womit ich jedoch nicht gerechnet hatte, war der heftige Rückstoß. Du liebe Güte, das war gar nicht so einfach, wie es im Fernsehen immer aussah. Also noch mal. Peng! Wow. Daran musste man sich gewöhnen. Und laut war das. Und noch einmal. Peng! Babsi, die Filderkrautmörderin. Das reichte. Mehr brauchte ich nicht als Gewissheit, dass Vaters Waffe nicht unter Ladehemmung litt. Beruhigt sicherte ich die Waffe und stieg wieder ins Auto, wo ich den Revolver im Handschuhfach verstaute. Die Schüsse klangen mir immer noch in den Ohren, ich schaute mich hektisch um, ob nicht von überall Menschen zusammenlaufen würden. Ich war mir sicher, dass man den Knall bis nach Esslingen gehört hatte.

Meine Vorbereitungen in Stuttgart näherten sich dem Ende. Ich liebte es, gut vorbereitet zu ein, die Waffe war mein Plan B. Ich konnte mich nun guten Gewissens nach Berlin begeben.

BERLIN, BERLIN – SOMMER 2019

Wie ich die Fahrt nach Berlin genossen habe. Seit die dpa mich in den Sudan geschickt hatte, war ich weder in meiner Heimatstadt noch länger auf deutschen Straßen unterwegs gewesen. Ich hatte mir vorgenommen, langsam zu fahren, da ich den Verkehr, wie er in Deutschland auf den Autobahnen normal war, nicht mehr gewohnt war. Also juckelte ich auf der rechten Seite über die Autobahn, fuhr in Nürnberg raus und gönnte mir in der Altstadt einen Teller Nürnberger Würstchen mit Sauerkraut. Hach, das war großartig, dieser Geschmack von Heimat.

Auch in Bayreuth machte ich einen Stopp und spazierte durch die Eremitage. Zum Mittagessen gab es so etwas herrlich Altmodisches wie Roulade in der Eremitenklause. Am liebsten hätte ich die Sauce vom Teller abgeleckt.

Als Leipzig in Sicht kam, war ich richtig aufgeregt. Noch nie in meinem Leben war ich jenseits der Transitrouten in der ehemaligen DDR unterwegs gewesen. Ich hatte schon vorher beschlossen, die Nacht im *Westin* in Leipzig zu verbringen. Am Abend bummelte ich durch das Barfußgässchen und genoss die lebendige Atmosphäre zwischen all den jungen Leuten, die draußen vor den Restaurants saßen. In *Zills Tunnel* ließ ich mir einen sächsischen Sauerbraten mit Klößen auftischen, auch einer von diesen längst vergessenen Genüssen.

Kurz vor meinem eigentlichen Ziel gönnte ich mir dann noch einen Abstecher nach Potsdam. Welch eine Pracht! Ich hatte mir vorgenommen, über Wannsee in die Berliner Innenstadt zu fahren. Wenigstens einmal im Leben wollte ich über die weltberühmte Glienicker Brücke fahren, die für mich immer ein Synonym für Agentenaustausch und freigekaufte DDR-Inhaftierte gewesen war.

Ich war randvoll mit Eindrücken von einem neuen, anderen Deutschland, das ich so nie kennengelernt hatte. Aber als ich endlich auf der ehemaligen West-Seite der Glienicker Brücke angekommen war, übermannte mich das Heimatgefühl. Ich fuhr durch den Grunewald, und als ich an der Dampferanlegestelle am Großen Wannsee vorbeikam, kullerten mir die Tränen aus den Augen.

Kaffee und Kuchen mit den Eltern in Moorlake, Dampferausflüge mit Oma und Opa, die Sommer meiner Kindheit waren hier verortet. Auf dem Wasser tanzten wie früher Hunderte weiße Segel, und die Menschen strömten erwartungsfroh aus dem S-Bahnhof. Über die Avus erreichte ich die West-City, mein gutes, altes West-Berlin.

Als ich mich endlich auf meinem Bett im *Interconti* ausstrecken konnte, war ich vollkommen erledigt.

Am nächsten Morgen machte ich mich auf zur Scharfen Lanke. Ich hatte inzwischen die Spurensuche durch Google schätzen gelernt, ansonsten wäre ich in dem Gewirr der Straßen in Wilhelmstadt verloren gewesen. Spandau war schon zu meiner Berliner Zeit so etwas wie Ausland gewesen, jedenfalls jwd, wie die Berliner sagten, janz weit draußen. Die Scharfe Lanke ist eine Ausbuchtung der Havel, und genau in dieser Ausbuchtung lag die Werft von Wölfchens Familie.

Als ich mit meinem Wagen durch das große Tor fuhr, kam mir eine junge Frau entgegen, die Lene Martens sein musste. Ich lächelte bei ihrem Anblick, hatte ich mir doch ein dünnes Mädchen mit Zöpfen vorgestellt, das neben den Arbeitern saß und sie kontrollierte. Lene Martens war jedoch sicher auch als Kind nicht das Mädchen aus meiner Pippi-Langstrumpf-Fantasie gewesen. Sie passte eher in die Kategorie praktisch, quadratisch, gut. Lene trug eine schwarze Brille, hatte einen zum Teil mit dem Rasiermesser geschnittenen, extremen Kurzhaarschnitt mit einem schrägen, in die Augen fallenden Pony, die Lippen waren gepierct, die Arme über und über mit Tätowierungen überzogen.

Sie begrüßte mich wie eine alte Bekannte.

»Kommen Sie, ich habe gerade Kaffee gemacht«, sagte sie und zog mich vorbei an den weißen Booten, die auf der Rasenfläche wahrscheinlich darauf warteten, repariert oder gewartet zu werden.

»Ihre Mutter sagte, Sie wären schon als Kind von den Booten begeistert gewesen, ganz im Gegensatz zu Ihrem Bruder.«

»Ich glaube, Papa hatte etwas gelernt aus der Erziehung

von Wölfchen. Er hatte ihn immer lieber zu Hause bei seiner Mutter in Kladow als hier in der Werft gesehen, das war bei mir dann ganz anders. Er hat mir alles beigebracht«, sagte sie, und ich sah, dass Tränen in ihren Augen schimmerten. Lene Martens schien ihren Vater sehr geliebt zu haben.

»Helmut war sehr traurig, dass sein Sohn nicht den Betrieb übernehmen wollte, hat er mir erzählt.«

»Wölfchen wollte seinen eigenen Weg gehen, und mal ehrlich, damals, als mein Bruder die Firma hätte übernehmen können, ging es der Werft gar nicht gut. Berlin war ja noch eingekesselt, es gab zwar viele Hobbykapitäne in der Stadt, aber das hat sich mit der Maueröffnung doch sehr verändert. Wir liegen jetzt nicht mehr isoliert und abgeschnitten von den Wasserwegen, sondern mittendrin.«

»Für uns als West-Berliner war Berlin immer eine Wasserstadt, dabei hatten wir nicht mehr als eine vage Ahnung, wie viele wunderschöne Seen es noch im Ostteil der Stadt und in der unmittelbaren Umgebung gibt. Uns reichten unsere Seen vollkommen zum Glücklichsein.«

»Erzählen Sie mir von meinem Bruder und von seinem Leben hier in Berlin, bitte.«

Wir waren inzwischen in ein flaches, altes Backsteingebäude getreten, und Lene bat mich in ein kleines Konferenzzimmer, das einen tollen Ausblick auf die Havelbiegung bot.

»Lange nicht mehr hier gewesen«, sagte ich. »Ich war über dreißig Jahre in Afrika.«

»Oh, wie spannend«, sagte Lene.

Ich erzählte ihr, nicht nur wie und wo ich Wölfchen kennengelernt hatte, sondern wie wir gelebt hatten. Was seine Vorlieben waren, was er nicht leiden konnte, ich versuchte, ihr einen Eindruck davon zu vermitteln, worüber wir gelacht und wie wir uns geliebt hatten. »Er war ein hochintelligenter, sensibler Mann mit einem guten Sinn für Humor.«

»Sie haben ihn wirklich geliebt, nicht wahr?«

Ich nickte. »Und meine Tochter hat ihn auch geliebt. Deshalb habe ich diese Anschuldigungen nie geglaubt. Aber es gab keinen Ausweg, keine Idee, nur einer von uns dreien konnte Claudi vergiftet haben. Die Indizien sprachen so eindeutig gegen Wölfchen. Dieser Verdacht hat unser aller Leben zerstört.«

»Das war wirklich zu dumm mit dem Arsen in Papas Giftbude. Er hat sich immer Vorwürfe gemacht, dass er es war, der seinen Sohn ins Gefängnis gebracht hat.«

»Dummerweise hatte man auf der Flasche auch Wölfchens Fingerabdrücke gefunden«, sagte ich. »Er konnte sich nicht mal erinnern, dass er sie angefasst hatte, das musste Jahre zurückliegen. Hat Ihr Vater denn die Giftbude, wie Sie es nennen, danach aufgelöst?«

»Nein, ganz im Gegenteil, er hat das Ding gehütet wie ein Museum für Wölfchen. Ich durfte als Kind nie dort rein, er hat mir erklärt, dass mein Bruder dadurch gestorben sei. Erst viele Jahre später habe ich erfahren, dass mein Bruder im Knast ermordet worden ist. Es ist nicht so einfach, gegen einen großen Bruder anzustinken, der nicht mehr lebt.«

Ich sah sie überrascht an. »Ach so, Ihr Vater hat also Ihren Bruder gar nicht als schwarzes Schaf der Familie angesehen?«

»Nein, Heldenverehrung war nichts dagegen.«

Ich schluckte. Konnte ich es wagen? Ich entschied mich, mit offenen Karten zu spielen.

»Dieser Readymix, den Sie unten auf die Boote schmieren, wird der auch in der Giftbude aufbewahrt?«

»Wieso?«

Und dann weihte ich sie in meine Pläne ein. Alles, was mir noch für mein Vorhaben fehlte, um den Tod von Claudi und Wölfchen zu rächen, war ein schnell wirkendes Gift.

Lene Martens stand auf und umarmte mich spontan. »Danke«, sagte sie, »danke, danke, danke! Aber der Readymix ist nicht das Richtige dafür, wir sind inzwischen auf nachhaltige Produkte umgestiegen, damit töten Sie nicht mal einen Fisch, wenn Sie es ihm in die Kiemen träufeln.«

»Ich gehe davon aus, dass in Ihrer Giftbude kein Arsen mehr lagert, weil die Polizei Ihnen die Flasche nie zurückgegeben hat.«

»Nicht ein Gramm. Da muss ich Sie enttäuschen.«

Mein Mut sank. Also doch mit Kabumm.

»Aber ich glaube, ich kann Ihnen trotzdem helfen«, sagte Lene Martens. »Meine Großeltern mütterlicherseits hatten eine Apotheke. Die ist zwar längst verkauft, aber es gibt noch einen ganzen Raum voll mit Arzneirohstoffen im Keller. Meine Mutter hat das Haus vor ein paar Jahren geerbt, aber wir haben diesen Keller nie ausgeräumt, weil wir einfach zu viel zu tun hatten. Und ich bin mir ziemlich sicher, dass ich in dem Keller einen Kasten mit der Aufschrift Arsenik gesehen habe.«

Ich lächelte Lene Martens an. »Und Sie könnten sich vorstellen, dass Sie mir vielleicht Zutritt zu dem Keller im Haus Ihrer Mutter verschaffen könnten?«

Lene Martens nickte. »Das könnte ich mir sogar sehr gut vorstellen. Kommen Sie doch einfach morgen Abend um sieben in die Niedstraße 34.«

»Ist das die in Friedenau?«

»Ganz genau.«

Ich stand auf. »Ich weiß gar nicht, wie ich Ihnen danken soll.«

Lene Martens begleitete mich zurück zu meinem Wagen. »Sie sind eine sehr mutige Frau. Danke, dass Sie gekommen sind, das bedeutet mir sehr viel.«

KELLERGEHEIMNISSE – BERLIN 2019

Den freien Tag in Berlin verwendete ich dazu, eine Tour durch meine alte Heimat Steglitz zu machen. Ich fuhr zum Breitenbachplatz, wo ich aufgewachsen war, schaute hoch zu der Wohnung, in der ich meine Kindheit verbracht hatte. Es gab noch immer eine Bäckerei unten im Haus, aber es war, wie die meisten Bäckereien heute, der Shop einer Kette. Früher wurden hier die Brötchen noch von Hand geformt, der Duft frisch gebackener Schrippen gehörte zu meiner Kindheit wie Dauerlutscher und Brausepulver.

Von hier war es nicht weit in die Rückertstraße, wo Jürgen später gewohnt hat. Die Rückertstraße war eine schmale Straße, man musste mit dem Wagen aufpassen, dass man keinen Parkenden streifte. Das Haus, in dem auch meine Tochter zum Teil gelebt hatte, sah genauso aus wie vor dreißig Jahren, ein roter Backsteinbau aus dem Beginn des vorigen Jahrhunderts. Immerhin waren die Fenster frisch gestrichen, auf dem Balkon vor Jürgens Wohnung blühten rote Geranien.

Die Brentanostraße, in der die Familie von Loretta gelebt hatte, lag um die Ecke. Ich entsann mich an den Tag, als ich hier durchgefahren war, in der Hoffnung, Loretta zu begegnen, weil ich nicht mehr wusste, in welchem Haus sie gewohnt hatte. Der Block war frisch verputzt, aber auch heute noch könnte ich nicht genau sagen, in welchem der Häuser Loretta gewohnt hat.

Ich bog in die Schildhornstraße ein, mein ehemaliger Schulweg. Hier fuhr früher der 32er-Bus, in den ersten Jahren, die ich zur Schule ging, noch mit Oberleitung. Heute ist die Straße verschandelt durch die Stadtautobahnbrücke, deren nackter Beton kein Ersatz ist für die stolzen alten Pappeln, die einst den Breitenbachplatz umstanden. Hässlich und nutzlos, es wunderte mich, dass sie dieses Monster immer noch nicht abgerissen hatten. An der Lepsiusstraße bog ich rechts ab. Und dann war ich da: Muthesiusstraße, der Ort, wo ich das größte Glück meines Lebens ebenso erlebt hatte wie das größte Unglück.

Die meisten Häuser in der Straße waren in den Fünfziger- und frühen Sechzigerjahren schnell und schmucklos hochgezogen worden, um die Ruinenlücken zu schließen und Wohnraum zu schaffen. Aber dazwischen gab es noch einige Häuser aus der Gründerzeit, die jetzt, frisch verputzt, von dem alten Glanz Berlins erzählten. In »unserem« Haus hatte man inzwischen das Dachgeschoss ausgebaut, es war sandfarben gestrichen worden. *Wahrscheinlich haben sie das ganze Haus in sauteure Eigentumswohnungen aufgeteilt*, dachte ich.

Ich fuhr zur Grunewaldstraße, den Chinesen gab es tatsächlich noch. Nur mit Parkplätzen sah es mau aus. Ich fuhr bis hoch zur Rothenburgstraße, wo nicht nur ich, sondern auch meine Tochter zur Schule gegangen war, stellte meinen Wagen halb verbotswidrig in eine zu kleine Parklücke und ging ins *Hee Lam Mun*, das auch innen noch genauso aussah wie früher und im Übrigen noch genauso roch. Ich bestellte – ebenfalls wie früher – 105: Ente, kross gebraten mit Paprika und Bambus. Wie schön, dass es noch Dinge gab, die sich in einem Leben nicht änderten. Wir hatten oft hier gesessen, mit Wölfchen, mit Jürgen, aber immer mit Claudi.

Nach einem längeren Nachmittagsschläfchen im *Interconti* fuhr ich nach Friedenau, um mich mit Lene Martens zu treffen. Die junge Frau hatte mich erstaunt. Es konnte nicht einfach gewesen sein, das Herz des Vaters nach dem Verlust seines Sohnes und seiner ersten Frau zu gewinnen. Ich wusste nur zu gut, was Traurigkeit bedeutet und wie sie alle Gefühle abstumpfen lässt. Bill hatte Jahre um meine Liebe kämpfen müssen. Ich vermutete, dass Lene immer versucht hat, Helmut durch Leistung zu beeindrucken. Vielleicht hat sie gedacht, wenn sie jungenhafter ist als ein Junge, dann würde ihr Vater sie als Ersatz für Wölfchen akzeptieren. Das war zwar nur eine Vermutung, aber es würde das Aussehen der jungen Frau und auch ihr burschikoses Auftreten erklären. Dieses Aussehen bekam man nur durch Schmerzen.

Lene wartete bereits draußen vor der Tür auf mich. »Ich wollte Sie nicht hochbitten, weil ich denke, dass das unter uns beiden bleiben sollte.«

Ich nickte und folgte ihr durch die grün-weiß gestrichene Tür hinein in den Hausflur.

Den Geruch erkannte ich sofort. Es war der Geruch alter Häuser mit Kellern, in denen jahrzehntelang Kohle und Kartoffeln gelagert wurden, mit einem Durchgang zum Hof, in dem die Mülltonnen standen. Ein Hauch von den Kohleintöpfen aus der Vergangenheit hing noch schwach in der Luft. Rechts führte eine breite Eichentreppe in die oberen Stockwerke, der Eingang zum Keller lag auf der Rückseite dieser Treppe. Lene Martens schloss die Kellertür auf, und wir stiegen hinab auf ausgetretenen Holzstufen. Die Wände waren unverputzt, hier unten roch es eher nach verschimmelten Teppichresten und eingetrockneten Pinseln. Am Ende der Reihe mit den Holzverschlägen befand sich eine schwere Eisentür. *Hier war früher sicher der Luftschutzkeller gewesen*, dachte ich. Lene öffnete die schwere Tür und schaltete das Licht an, eine nackte Glühbirne, die an einem Kabel an der Decke hing. Wir gingen durch den leeren Keller hindurch, auf der anderen Seite gab es ebenfalls eine Tür.

»Geht es hier in den Keller vom Gartenhaus?«, fragte ich.

»Nein, in die Keller vom Nebenhaus. Dort war die Apotheke meiner Großeltern, einige ihrer Vorräte haben sie einfach hier unten im Keller gelagert, so dass sie direkt durch diese Brandschutztür in ihre Apotheke kamen.«

Lene Martens öffnete eine Seitentür, die in einen Raum führte, der etwas größer war als die Kellerverschläge im vorderen Bereich. Ich zog mir Handschuhe an, ich wollte nicht Gefahr laufen, hier Fingerabdrücke zu hinterlassen.

Als Lene Martens das Licht anschaltete, entfuhr mir ein »Wow«. Auf den Regalen rund um den Raum standen Hunderte braune Glasflaschen, alle penibel beschriftet. Es gab einen kleinen Tisch in der Mitte, und unter den Regalen standen Kisten über Kisten.

»Was ist da drin?«, fragte ich.

»Rohstoffe, meine Großeltern haben viele Arzneimittel noch selbst zusammengemischt. Das macht heute kein Mensch mehr, deshalb hat meine Mutter das auch nicht zusammen mit der Apotheke verkauft.«

Ich lief staunend an den Glasflaschen vorbei und las die Etiketten. »Sind die alle giftig?«, fragte ich Lene Martens.

»Ich habe keine Ahnung, von der Existenz dieses Raumes habe ich erst vor ein paar Jahren von meiner Mutter erfahren, als ich selbst in dieses Haus eingezogen bin.« Sie zeigte auf eine Flasche auf dem Bord ganz oben. »Schauen Sie, da ist es. Arsenik. Wusste ich es doch!« Vorsichtig hob ich die Flasche vom Bord und stellte sie auf den Tisch.

»Wow!« Ich zog den Glasstöpsel heraus, er klemmte ein wenig, weil er mit einem Gummiüberzug dafür gesorgt hatte, dass der Inhalt luftdicht verschlossen war. Über mangelnde Wirksamkeit brauchte ich mir also keine Sorgen zu machen.

»In was könnte man das denn umfüllen?«, überlegte ich. Schließlich wollte ich nicht die ganze Flasche mitnehmen, sie hätte wohl ausgereicht, ganz Steglitz zu vergiften.

Lene Martens zog eine Schublade von dem Tisch auf. »Hier sind kleine Tüten, hier die Schaufeln und Schäufelchen und Pipetten und eine Waage.«

Herrlich, so hatte ich mir früher den Raum eines Alchemisten vorgestellt.

»Ich gehe dann mal«, sagte Lene Martens. »Lassen Sie einfach die Tür hinter sich zufallen, die Brandschutztür darf nicht zugeschlossen werden, die Tür zum Treppenhaus ist von innen geöffnet.«

Okay, ich hatte verstanden. Lene Martens kannte zwar meinen Plan, sie wollte mir auch helfen, aber nur indirekt. Das passte. Ich drehte mich zu ihr um und sagte: »Sie werden es zu hören bekommen, wenn es geklappt hat. Heute schon mal danke!«

Ich nahm einen langen Löffel und eine kleine Papiertüte und schaufele Arsen hinein. Nachdem ich mir ein Giftbuch besorgt hatte, wusste ich, wie viel ich davon brauchte, aber zur Sicherheit nahm ich die doppelte Ration. Danach schloss ich gewissenhaft die Flasche und stellte sie zurück ins Regal.

Als ich das Haus verließ, gratulierte ich Wölfchen gedanklich zu seiner wunderbaren Schwester, die, obwohl sie ihn nie kennengelernt hatte, zu ihm hielt. Es wurde Zeit, die letzte Stufe der Rakete zu zünden.

DIE ADRESSE –
BERLIN-FRIEDENAU 2019

Am Abend bekam ich in meinem Hotelzimmer einen Anruf von Henri P. Schiller. Er war soeben in Berlin eingetroffen. Ich freute mich, dass ich meine Arsen-Beute nicht allein feiern musste, wir verabredeten uns zu einem Abendessen im Hotelrestaurant.

»Erzählen Sie mir von Afrika«, bat er. Und da ich nichts Besseres zu tun hatte, schwelgte ich in den guten Erinnerungen meines Lebens. Ich schwärmte von den grünen Bergen in Ruanda, wo der Nil, der längste Fluss der Welt, entspringt, der den Kontinent durchzieht, bis er bei Alexandria in Ägypten im Mittelmeer mündet. Ich erzählte von Murchison Falls im Nordwesten von Uganda, und nachdem wir unsere Steaks verzehrt hatten, landeten wir in der Bar auf einen letzten Drink.

»Ihr Vater war Polizist«, versuchte ich das Gespräch wieder auf seinen Auftrag zu lenken.

»Ja«, sagte er, »ich auch.« Henri P. Schiller hatte den Polizeidienst bereits vor zehn Jahren verlassen. »Ich bin einfach allergisch gegen jede Art von weisungsgebundener Arbeit«, erklärte er.

Ich lachte, denn das hatte ich durchaus bereits selbst

festgestellt. »Dann war das eindeutig die falsche Berufswahl.«

Er nickte. »Aber so was von!«

Wir verabredeten uns am kommenden Tag zum Frühstück um neun Uhr. Danach wollten wir gemeinsam zu der Adresse fahren, unter der Loretta gemeldet war. Unser Plan sah nur eins vor: Warten, bis sie das Haus verlässt oder ins Haus reingeht. Aber auch in der Bar und auch unter der Wirkung von einer halben Flasche Wein und drei Gin Tonics konnte ich Henri P. Schiller nicht die Adresse entlocken.

Der nächste Morgen begrüßte uns mit richtigem Schietwetter, wie man im Norden sagen würde. Nach dem Frühstück ging ich mit meinem Detektiv auf sein Zimmer, wo er mir das Knopfmikrofon in die Bluse einsetzte. Wir machten ein paar Tests, Henri P. Schiller versicherte mir, dass es einwandfrei funktioniere.

»Und nun möchte ich noch die Waffe aus Ihrer Tasche«, sagte Schiller.

Verdammt, er hatte mich durchschaut. »Woher wissen Sie …?«

»Ihre Handtasche ist zu schwer.« Er hatte mir das Ding abgenommen, als ich in sein Zimmer gekommen war.

»Wo haben Sie denn den Bärentöter her?«, fragte er, als ich ihm resignierend die Waffe überreichte.

»Von meinem Vater.«

»Sie wissen, was Sie mir versprochen haben, oder?«

»Ich will mich nur schützen.«

Henri P. Schiller klappte die Waffe auf und nahm die Patronen aus der Trommel. Dann reichte er mir den Revolver zurück. »Es reicht als Schutz, wenn Sie ihn zeigen. Für den Rest bin ich da.« Er nahm mir auch noch die Ersatzmunition ab, die ich ebenfalls in der Handtasche verstaut hatte.

Kurz darauf setzten wir uns in den Wagen von Henri P. Schiller und fuhren nach – Überraschung – Friedenau. Erst, als ich sicher in seinem Mercedes SUV verstaut war, hatte mir Schiller die Adresse verraten.

Loretta wohnte in der Stubenrauchstraße, nicht mehr als eineinhalb Kilometer Luftlinie von ihrer alten Heimat entfernt.

Das Problem mit dieser Straße war, dass man nicht so leicht einen Parkplatz fand, um das Haus zu beobachten. Die Straße war schmal und zugeparkt. Es war auch nicht gerade eine Laufgegend, die Stubenrauchstraße mündete ein paar Häuser weiter in die Varziner Straße, parallel dazu hatte man die Stadtautobahn gebaut, von der der Lärm schnell fahrender Autos und Laster sogar durch die geschlossenen Fenster des SUVs drang.

Zunächst mussten wir einen Parkplatz in Sichtweite finden. Aber hier war uns das Glück hold. Nachdem wir einmal um Varziner- und Fehlerstraße gekurvt waren, hinterließ ein weißer SUV uns eine recht kommode Parklücke mit freiem Blick auf das gesichtslose Haus aus den Fünfzigerjahren des letzten Jahrhunderts, das die Besitzer versucht hatten, durch einen türkisfarbenen Anstrich aufzuhübschen. Die Wohnungen hier waren sicher laut und deshalb billig. Ich stieg aus und lief zur Haustür, um zu checken, ob Loretta auch tatsächlich dort wohnte. Da stand ihr Name, handgeschrieben an einem Klingelschild: Jentsch. Na bitte.

Henri P. Schiller hatte ein für Beobachtungen erstklassig ausgestattetes Fahrzeug. Es gab sogar einen kleinen Kühlschrank, in dem er Getränke für uns bereit hielt. Jetzt verstand ich, warum Observierungen so langweilig sind. Man sitzt stundenlang im Fahrzeug und unterhält sich mit einem fremden Menschen über alles Mögliche und Unmögliche. Gegen Mittag holte Henri P. Schiller die Brote heraus, die er zu meiner Belustigung am Morgen im Hotel geschmiert hatte. Das erinnerte mich an Ferien in meiner frühen Kindheit mit den Eltern in Pensionen in Bayern oder an der See, wo meine Mutter immer morgens ein paar Brote für das Mittagessen abzweigte und in eine Serviette wickelte.

»Ei oder Schinken?«, fragte er.

»Ei«, sagte ich und griff dankbar zu.

»Der Kaffee ist auch noch heiß.« Der Mann hatte wirklich vorgesorgt, auf so einen Gedanken war ich gar nicht gekommen, dazu war ich viel zu sehr auf mein Ziel fokussiert.

Zwei Kaffee und eine eisgekühlte Cola später war immer noch keine Frau, die Loretta auch nur annähernd ähnlich sah, aus dem Haus gekommen.

»Und wenn sie in den Urlaub gefahren ist?«, fragte ich besorgt.

»Das hätte ich herausgefunden«, sagte er. »Sie darf sich nicht unerlaubt von ihrem Wohnort entfernen.«

Gott sei Dank war es noch warm draußen, wenn wir die ganze Zeit in einem kalten Auto hätten sitzen müssen, wäre es wohl ziemlich ungemütlich geworden.

»Ich muss mal«, sagte ich.

»Das ist ganz schlecht. Ich schlage vor, Sie gehen zum Café neben dem Friedhof. Ich weiche hier nicht, bis Loretta auftaucht.«

»Und was machen Sie, wenn Sie mal müssen?«, fragte ich ihn.

»Coladose, irgendeinen Vorteil muss man als Mann ja haben.«

Ich stieg aus und ging Richtung Südwestkorso. Auf dem Friedhof an der Ecke waren meine Großeltern begraben, hier war ich als Kind oft an der Hand von Mama im Sommer zum Gießen gegangen.

Der Duft frischer Backwaren stieg mir bereits an der Ecke in die Nase. Obwohl es kurz vor zwei Uhr nachmittags war, war der Laden ziemlich voll. Auch draußen im kleinen Vorgarten waren fast alle Tische besetzt. Man musste sich die Waren selbst holen. Als ich schon ganz vorn am Tresen stand und die Auslage bewunderte, kam aus der hinteren Backstube – Loretta.

Was für ein Zufall! Loretta arbeitete hier. Sie war es ganz eindeutig, die Frau sah zwar ein wenig verlebt aus, die Falten hatten sich tief ins Gesicht eingegraben, aber sie hatte noch die gleiche Frisur wie als Teenager, sie war genauso schlank wie früher, und auch ihrem typischen, leicht spöttischen Gesichtsausdruck hatten die Jahre nicht geglättet.

Sie war so beschäftigt, dass sie mich nicht sah. Was sollte ich tun? Ich hatte keine Ahnung. Sollte ich mir ein Stück Kuchen mit Kaffee bestellen und schnell die Toilette aufsuchen? Oder sollte ich sie jetzt gleich spontan ansprechen? Oder nach draußen fliehen und Henri P. Schiller anrufen und um Rat fragen?

Ich entschied mich erst mal für die Toilette.

»Sie ist hier«, sprach ich in mein Knopfmikrofon. Ob es eine so große Reichweite hatte?

»Wie bitte?«, fragte Schiller.

»Sie ist hier, sie arbeitet in dem Café hinter dem Tresen.«

»Hat sie Sie gesehen?«

»Noch nicht, und ich bezweifle, dass sie mich erkennen würde. Was mache ich denn jetzt? Soll ich sie ansprechen?«

Es blieb ein paar Sekunden still. Dann sagte er: »Sagen Sie einfach: Hallo Loretta! Mehr nicht. Und dann schauen Sie, was passiert. Sie wird vielleicht dumm gucken, vielleicht sagen, dass Sie sie verwechseln, alles ist möglich.«

»Ich bin mir fast sicher, dass sie mich nicht erkennt, ich habe wenig Ähnlichkeit mit der Babsi Wiegand vor dreißig Jahren. Aber ich kann hier doch nicht mit ihr sprechen!«

»Sollen Sie auch nicht. Aber ich bin mir ziemlich sicher, dass niemand von ihren Kollegen von ihrer Vergangenheit weiß. Es könnte sie in Panik versetzen.«

»Und was habe ich davon?«

»Bieten Sie ihr an, dass sie Sie nach Dienstschluss zu einem Stück Kuchen bei sich zu Hause einlädt, damit Sie in Ruhe über alte Zeiten plaudern können.«

»Einen Versuch wäre es wert«, sagte ich und war mir gleichzeitig sicher, dass das nicht funktionieren würde. Ich würde mich viel lieber auf die Waffe in meiner Tasche verlassen.

Nachdem ich mir die Hände gewaschen hatte, ging ich zurück in das überfüllte Café und stellte mich an. Als ich endlich dran war, war mir das Glück erneut hold, denn es war Loretta und nicht ihre Kollegin, die sich mir zuwandte: »Und was kann ich für Sie tun?«

»Loretta? Das glaube ich jetzt nicht, die kleine Loretta Jentsch!«, rief ich so laut, dass jeder in der Schlange und auch ihre Kollegin es hören musste.

Loretta sah mich ziemlich bedröppelt an. »Äh, wie, äh …«

»Na, ich bin's, Claudis Mutter, entsinnst du dich nicht mehr?«

Irrte ich mich oder wurde Loretta eine Spur blasser? Zumindest blickte sie nervös zu ihrer Kollegin hinüber. Schiller hatte recht gehabt, die Begegnung war ihr nicht angenehm.

»Ach, die Frau Wiegand«, sagte sie und rang sich ein Lächeln ab.

»Genau, dass Sie sich daran noch erinnern. Na, das ist ja ein Zufall, ich war dreißig Jahre in Afrika, und bei meinem ersten Urlaub in Berlin treffe ich ausgerechnet auf die beste Freundin meiner Tochter.«

»Was kann ich denn jetzt für Sie tun, liebe Frau Wiegand«, fragte sie mit nervösem Blick in den Verkaufsraum.

»Wann haben Sie denn Feierabend, ach, es wäre so schön, wenn wir uns danach auf einen Kaffee und ein Stück Kuchen zusammensetzen können, alte Erinnerungen austauschen. Haben Sie Zeit?«

Der Mann hinter mir drängelte: »Könnten Sie jetzt endlich bestellen, andere Leute wollen auch noch mal was essen.«

»Ja, ja«, sagte sie. »Aber der Herr hat jetzt Hunger, was darf es denn jetzt für Sie sein.«

»Jetzt nehme ich dann nur einen Cappuccino.«

»Gut.« Schnell machte sie mir eine Tasse und stellte sie auf den Tresen.

»Ich habe um vier Feierabend, treffen wir uns draußen?«

»Gern. Und bringen Sie Ihren Lieblingskuchen mit, ich nehme ein Stück Käsesahne und bezahle das gleich mit.«

Sie ging ungerührt zur Kasse und tippte alles ein.

»Elf Euro zwanzig«, sagte sie. Die Frau hatte Nerven.

Ich bezahlte und ging freudestrahlend aus dem Laden. Als ich zu Schiller ins Auto stieg, klatschte er Applaus.

»Sie sind eine ganz schön taffe Lady«, sagte er. »Der haben Sie jetzt einen gehörigen Schrecken eingejagt.«

»Das hoffe ich. Mal sehen, ob ich sie dazu bekomme, mir die Wahrheit zu erzählen.«

»Abwarten.« Es war erst kurz vor halb drei, wir hatten also noch eineinhalb Stunden Zeit. »Wollen wir irgendwohin fahren?«, fragte ich.

»Nein. Wir bleiben hier. Ich bin mir ganz und gar nicht sicher, ob die Frau nicht fluchtartig den Laden verlassen wird. Sie weiß ja nicht, dass Sie wissen, wo sie wohnt.«

»Ich glaube nicht, dass die Frau in Panik gerät, die ist wirklich eiskalt. Die steht das durch.«

»Mal sehen.« Ich fühlte die Waffe in meiner Handtasche.

»Wie sieht sie denn aus? So wie auf dem Foto?«

»Verlebt. Aber das liegt vielleicht auch nur daran, dass sie versucht, auf junges Mädchen zu machen. Das geht ab dreißig immer in die Hose.«

»Und wie äußert sich das?«, fragte er.

»Rosafarbene Haarspange und Pferdeschwanz.«

Wir plänkelten noch ein wenig herum, die Zeit wollte nicht vergehen. Ich schaute auf die Uhr. Es war kurz vor drei. Noch mehr als eine Stunde.

»Da ist sie«, rief ich.

»Wo?«

»Na da, die Frau auf der anderen Straßenseite, die jetzt im Sturmschritt auf uns zuläuft«, sagte ich.

»Doch nicht so eiskalt, wie Sie dachten.«

»Was mache ich denn jetzt? Warten und um vier klingeln oder rausgehen und verfolgen?«

»Ich habe mal den Hauseingang gecheckt, als Sie im Café waren. Sie kann die Haustür nicht mehr schließen, ich habe das Schloss ein wenig manipuliert. Sie können also immer rein.«

»Dann warte ich, bis sie in ihrer Wohnung ist, und gehe dann rein und klingle an der Wohnungstür.«

»Aber Sie wissen, Feind hört mit.«

»Sie haben ja immer noch Angst, dass ich der Frau was antue. Bin ich so furchteinflößend?«

»Ja«, gestand er. »Sie wirken sehr entschlossen.«

»Das bin ich auch, ich will die Wahrheit hören.«

Wir machten noch mal eine Mikrofonprobe. Er zeigte mir, dass er das gesamte Gespräch nicht nur mithörte, sondern auch auf einem Rekorder aufnahm.

»Viel Glück«, sagte er.

»Danke«, sagte ich und schloss leise die Autotür hinter mir. Natürlich hatte ich es nicht zugegeben, aber mir klopfte das Herz bis zum Hals. Etwas zu planen ist eine Sache, aber das Ganze dann auch durchzuziehen eine andere.

Gemessenen Schrittes ging ich über die Straße auf das türkisfarbene Haus zu. Auf dem Klingelschild stand der Name Jentsch. Es sah so aus, als ob die Frau im dritten Stock wohnte.

Im Treppenflur öffnete ich meine Handtasche und nahm den Revolver heraus. Langsam stieg ich die Treppe hoch, das Treppensteigen fiel mir inzwischen sehr schwer, ich musste auf jedem Absatz haltmachen und nach Luft schnappen. Auf dem letzten Absatz blieb ich stehen und atmete tief durch. Auch das fiel mir zunehmend schwerer. Ich musste ein Husten unterdrücken.

Okay, Endspurt, Babsi, sagte ich mir. Ich sah auf die Uhr. Es war fünfzehn Uhr zwei. *Du hast noch zwölf Stunden zu leben.*

Ich klingelte über dem handgeschriebenen Schild »Jentsch« und stellte mich so hin, dass Loretta mich nicht durch den Spion sehen konnte.

Ich hörte, wie sich Schritte der Tür näherten. Aber Loretta war vorsichtig.

»Wer ist da?«

»Ihre Nachbarin von unten. Ich brauche mal kurz Ihre Hilfe.«

Loretta öffnete die Tür und schaute direkt in die Mündung von Papas Revolver.

»So, ganz brav, schön reingehen, ja?«

»Was zum Teufel …«

»Wollen wir hier draußen reden oder nicht doch lieber drinnen?«, fragte ich freundlich.

Sie öffnete die Tür ganz.

»Schön umdrehen und vorgehen«, sagte ich und kam mir vor wie in einem schlechten Agentenfilm.

»Was versprechen Sie sich davon?«, fragte Loretta.

»Ich will nur mit Ihnen reden. Sie haben den Kuchen vergessen. Aber ich bin auch schon mit einem Schluck Kaffee zufrieden. Machen Sie uns einen, da redet es sich doch leichter.«

»Worüber wollen Sie reden?«

»Na, kommen Sie, wir gehen jetzt in Ihre Küche, okay?«

»Nehmen Sie das Ding runter, ich mach ja schon Kaffee.«

»Sehr schön«, sagte ich und steckte die Waffe vorsichtshalber in meine Jackentasche. Loretta füllte tatsächlich die Kaffeemaschine mit Wasser und Kaffeepulver.

»Woher haben Sie meine Adresse?«, fragte sie, den Rücken zu mir gewandt.

»Ich bin Ihnen hinterhergelaufen. Dachten Sie, ich hätte nicht gewusst, dass Sie unserem Gespräch ausweichen wollten?«

»Ich glaube nicht an Zufälle. Sie haben mich gesucht, nicht wahr?«

»Das könnte man so sagen. Ja, ich habe Sie gesucht. Loretta Jentsch, ich tue Ihnen nichts, und ich verspreche Ihnen, dass niemand von Ihren neuen Kollegen jemals von mir erfahren wird, mit wem sie es zu tun haben. Aber ich möchte ein paar Antworten auf die ungelösten Fragen meines Lebens.«

»Und wozu soll das gut sein?«, fragte sie und setzte sich an den kleinen, wachstuchbezogenen Küchentisch.

Ich setzte mich ihr gegenüber. »Weil ich alt und todkrank bin. Bitte lassen Sie mich nicht dumm sterben.«

»Ich sage gar nichts, ich bin doch nicht blöd. Glauben Sie, ich lasse mich von Ihnen erschießen?«

Ich legte den Revolver auf den Tisch. »Kann ich gar nicht. Ich habe dazu keine Munition. Nur zeigen, nicht töten. Sind Sie jetzt bereit zu reden? Ich möchte doch nur wissen, was damals mit meiner Tochter wirklich passiert ist. Können Sie das nicht verstehen?«

»Sie ist an einer Arsenvergiftung gestorben.«

»So wie Ihr Onkel, der Tierpräparator?«, fragte ich.

»Dieses Arschloch hat mich vergewaltigt.«

»Das tut mir leid«, sagte ich. »Und was hat Claudia Ihnen angetan?«

»Wieso?«

»Loretta, Sie und ich wissen, dass Sie Claudia vergiftet haben. Was ich noch nicht weiß, ist: wieso?«

»Wie kommen Sie darauf, dass ich Claudia vergiftet habe?«

»Es war Ihr erster Mord, nicht wahr? Haben Sie bei Claudi einfach nur geübt, oder wobei war sie Ihnen im Wege? Sie war doch Ihre beste Freundin!«

»Das können Sie mir nie nachweisen. Und es ist auch egal. Ich war zwölf Jahre alt, dafür schickt mich niemand mehr ins Gefängnis. Ich habe meine Strafe abgesessen.«

»Nein«, sagte ich, »dafür nicht mehr. Ich verspreche Ihnen, es bleibt auch unter uns, und jetzt sagen Sie mir, warum haben Sie Ihre beste Freundin getötet?«

Loretta stand auf und füllte zwei Becher mit Kaffee.

Als sie mir die Kaffeetasse vor die Nase stellte, sagte sie: »Es war ein Unfall.«

»Wieso?«, fragte ich.

»Es sollte Ihren Freund treffen.«

»Haben Sie Milch und Zucker für mich?«

Als sie sich umdrehte, um Milch und Zucker zu holen, leerte ich das Tütchen Arsen in ihren Kaffee und rührte ihn mit dem Finger um. Ein wenig von dem weißen Pulver rieselte auf den Boden. Egal.

»Sie wollten also Wölfchen töten? Wieso das denn?«

»Das wissen Sie doch. Er hat Claudi vergewaltigt.«

»Das glaube ich nicht.«

»Mich hat er auch begrapscht.«

Ich dachte nach. Bei dem Thema hatte die Frau eindeutig einen Tick.

»Aber Sie wussten doch, dass Claudi die Einzige war, die diese schreckliche Kirschsauce gegessen hat?«

»Das Gift war nicht in der Kirschsauce. Es war in den Magentropfen.«

Ich atmete tief durch. In meinem Kopf lief noch einmal der Film dieses Abends ab.

»Loretta«, sagte ich. »Was habe ich Ihnen angetan?«

»Wieso?«

»Sie haben alles darangesetzt, mich unglücklich zu machen. Erst vergiften Sie meine Tochter, dann schieben Sie die Schuld meinem Freund in die Schuhe. Sie haben vier Leben zerstört. Warum?«

»Ich habe Ihnen doch eben gesagt, er hat uns missbraucht.«

Ich wurde sauer. »Du lügst! Du lügst genauso wie vor Gericht. Wölfchen hat dich nicht angefasst. Und er hat weder Claudi noch dich jemals missbraucht. Und du hast seine Tropfen nicht vergiftet. Von denen weißt du wahrscheinlich nur aus der Zeitung. Das konntest du nämlich gar nicht. Du warst nach unserem Urlaub überhaupt noch nicht bei uns gewesen. Die Tropfen, die Claudia an diesem Abend genommen hat, waren aus einer Flasche, die wir mit im Urlaub hatten, und dort hat Wölfchen jeden Morgen mit Tropfen aus dieser Flasche eine Rollkur gemacht. Es war nur noch ein kleiner Rest in der Flasche, die Tropfen, die Claudi bekommen hatte, stammten hauptsächlich aus einer noch nicht angebrochenen Flasche, die ich vor unserem Urlaub gekauft hatte und die noch im Kulturbeutel im Koffer in der ursprünglichen Verpackung lag. Warum lügst du mich an? Glaubst du, dass ich dann Mitleid mit dir habe? Du hast das Gift vor unserem Urlaub in die Kirschsauce gegeben.«

»Es geschah der Schlampe ganz recht!« Die Tatsache, dass ich sie ertappt hatte, hat zum ersten Mal zu einer wirklich emotionalen Reaktion bei ihr geführt. Sie war also nicht ganz so kalt, wie ich dachte.

»Claudia hatte alles. Sie war das liebe, ach so intelligente Mädchen, das alle mochten und das alles bekam, was es wollte. Und ich war die Böse, die Dumme, die, die nicht aufs Gymnasium kam, weil sie zu blöd war, die keine schicken Klamotten hatte und ihre Freundin verdorben hat. Was glaubst du denn, du dumme Kuh, wer mich zum Klauen angestiftet hat? Ja, genau, dein süßes Engelchen. Und wer hat jeden Tag Zigaretten mit in die Schule gebracht, die sie bei Jürgen oder Wölfchen oder bei Mama gestohlen hat? Und wer hat mit den großen Jungs rumgemacht? Claudia war nicht das liebe, kleine Mädchen. Die hatte es faustdick hinter den Ohren. Sie hat Geld aus euren Taschen gezogen, sie hat gelogen und betrogen. Aber ich war ja an allem schuld. Glaube doch bloß nicht, dass Claudia mir nicht erzählt hat, was du von mir hältst.«

»Mit welchen Jungs hat sie rumgemacht?«

»Mit allen! Die hat ihren Spaß daran gehabt, die Jungs aufzugeilen.«

»Hatte sie einen Freund?«

»Sie hat es einfach nicht ertragen, dass ein Junge mich lieber mochte als sie. Da hat sie alles darangesetzt, ihm den Kopf zu verdrehen. Sie war die totale Schlampe!«

»Wie hieß der Junge?«

»Bernd. Bernd Voß. Sie wusste genau, wie verliebt ich in ihn war. Aber wenn klein Claudi nicht die erste Geige spielte, war sie nicht zufrieden. Jeden Jungen hat sie mir ausgespannt, jeden.«

»Und dann hast du dem Spiel kurzerhand mit der Kirschsauce ein Ende bereitet.«

»Ich wusste ja nicht, dass man davon gleich stirbt. Ich wollte doch nur, dass es ihr richtig schlecht geht. Ich wollte ihr eine Lektion erteilen.«

»Und dann hast du mir eine Lektion erteilt, indem du behauptet hast, dass Wölfchen Claudia missbraucht hat.«

»Hat doch funktioniert, oder?« Sie funkelte mich wütend an.

»Ja, das hat funktioniert. Claudi ist tot, Wölfchen ist tot, und Jürgen ist auch tot.«

»Und du stirbst auch bald, hoffe ich.«

»Das ist so gut wie sicher«, sagte ich. »Und das Arsen hattest du von deinem Onkel, der dich angeblich missbraucht hat?«

»Ja, stand da so rum in seiner Werkstatt.«

»Und der Onkel, der hat es gemerkt und dir gedroht, oder warum hast du ihn umgebracht?«

»Ach, fick dich.«

»Dieser Bernd Voß, hat der mit Claudi geschlafen?«

»Die hat doch mit jedem rumgemacht«, behauptete Loretta.

»Und deine Mutter hast du in der Badewanne ertränkt?«

»Die Schlampe hat es nicht besser verdient.«

Ich lehnte mich in meinem Stuhl zurück. Jetzt wusste ich alles, was ich wissen wollte. Wölfchen hatte Claudia nicht angefasst und nicht ermordet. Loretta hatte zugegeben, meine Tochter vergiftet zu haben. Brauchte ich noch etwas? Ich schaute auf die Uhr. Noch elf Stunden.

»Gut«, sagte ich und stand auf. »War doch gar nicht so schwer, oder?«

»Du wirst mir das niemals nachweisen können. Los, renn zur Polizei, ich werde alles leugnen. Sie sind damals nicht dahintergekommen und würden auch heute nicht dahinterkommen.«

»Ich habe doch gesagt, dass ich nicht zur Polizei gehe, alles, was ich wissen wollte, weiß ich jetzt. Aber sag mir, war das alles die sechsundzwanzig Jahre hinter Gittern wert?«

»Was weißt du schon vom Leben hinter Gittern?«

Ich nickte. Da hatte sie recht. Grußlos verließ ich die Küche und schloss die Wohnungstür hinter mir. Jetzt war alles gut.

Während ich langsam die Stufen hinunterstieg, summte ich das alte Lied von Mike Oldfield:

See you in heaven one day – far away on the other side.

VIER MONATE SPÄTER – JANUAR 2020, STUTTGART

»Guck mal, was heute in der Post war!«, jubelte Tine Mellerowicz und wedelte ihrem Freund Henri mit dem Scheck vor der Nase rum.

Er hielt lachend ihre Hand fest. »Halt doch mal still, verdammt, ich kann es nicht sehen.«

»Rate, von wem der ist?«

»Keine Ahnung, offensichtlich von jemandem, der noch nicht bezahlt hat.«

»Könnte man so sagen, zumindest indirekt.«

»Komm, spann mich nicht auf die Folter. Wie viel ist es denn?«

»Rate mal!«

»Zweitausend Euro?«

»Kalt, ganz kalt.«

»Komm, sag schon.«

»Dreißigtausend Euro«, sagte Tine Mellerowicz.

»Dreißig – tausend? Kein Scherz?«

»Kein Scherz.«

»Aber, so große Außenstände haben wir doch gar nicht. Die Einzige, die nicht bezahlt hat, ist Barbara Fowler. Die ist uns sozusagen leider unter den Händen weggestorben.«

»Es gibt auch einen Brief dazu. Von einem gewissen Dr. Michael Wolter. Das ist ihr Nachlassverwalter.«

»Wessen Verwalter?«

»Na, von der Fowler, der Nachlassverwalter.«

»Zeig!«

DR. MICHAEL WOLTER
RECHTSANWALT & NOTAR

Sehr geehrter Herr Schiller,
entsprechend dem Letzten Willen meiner Mandantin Frau Barbara Fowler überreiche ich Ihnen in der Anlage einen Scheck über

30.000 Euro

Dieser Betrag stammt aus dem Nachlass der Verstorbenen und ist als Abgeltung der bei Ihnen noch offenstehenden Schlussrechnung anzusehen und daher nicht Bestandteil des offiziellen Erbes.

Frau Fowler hat mich angewiesen, Ihnen diesen Betrag auszuzahlen, da Ihnen durch ihr Ableben und den darauffolgenden Prozess gegen Loretta Jentsch weiterer Arbeitsaufwand entstanden sein muss, den Sie vorher nicht beziffern konnten.

Bitte schicken Sie eine Rechnung über diesen Betrag inklusive Mehrwertsteuer an oben genannte Adresse, da ich die Ausgabe im Nachlass verbuchen muss.

Mit freundlichen Grüßen

Rechtsanwalt Dr. Wolter

Henri P. Schiller hatte sich in seinen Schreibtischsessel fallen lassen und schüttelte nur den Kopf. »Tine, das glaube ich nicht. Die Alte hat uns ausgetrickst!«

»Wie meinst du das, das ist doch toll. Das Geld können wir prima brauchen.«

»Natürlich können wir das Geld gut brauchen, aber sie hat das alles genau so geplant, wie es gekommen ist.«

»Du meinst, sie wusste, dass diese Loretta Jentsch sie vergiften würde?«

»Nein, verstehst du denn nicht? Sie hat sich selbst vergiftet!«

»Moment mal, das kapiere ich jetzt nicht. Wieso sollte sich jemand selbst vergiften?«

»Weil es keine Beweise gegen Loretta gab. Weißt du noch, wir hatten Angst, dass die Fowler Loretta umbringen wollte, deshalb bin ich als Wachhund mitgefahren. Aber sie wollte etwas viel Perfideres, sie wollte, dass Loretta wieder ins Gefängnis wandert. Sie hat ein halbes Leben unter Lorettas Tat gelitten, da fand sie es wohl angemessen, dass Loretta auch den Rest ihres Lebens unter ihrer Tat leiden sollte. Lorettas Tod war ihr nicht genug.«

»Aber das hätte auch schiefgehen können, wenn du nicht mitgefahren wärst«, sagte Tine.

»Die Fowler hat mich eiskalt manipuliert. Entsinnst du dich noch, wie unbedarft sie getan hat? Da sind doch sämtliche Beschützerinstinkte in mir erwacht. Ich wollte verhindern, dass die Frau eine Dummheit macht. Und genau darauf hatte sie wohl abgezielt. Sie wollte, dass ich durch das

Mitschneiden des Gesprächs bezeugen konnte, dass sie bei Loretta war. Ihr ging es gar nicht darum, dass sie mit dem Mitschnitt irgendetwas beweisen wollte! Sie wusste ja auch, dass es strafbar war, wenn sie das Gespräch mitschnitt, das haben wir ihr deutlich gesagt, wenn ich mich recht entsinne.«

»Hast du«, sagte Tine, die das Gespräch von ihrem Platz im Eingangsbereich hatte mithören können. »Aber noch mal langsam, da komme ich nicht ganz mit. Du meinst also, sie hat selbst das Arsen genommen?«

»Wahnsinn, die Alte hatte das total durchgeplant. Jetzt verstehe ich, ich war für sie einfach nur eine Figur auf dem Schachbrett, ein williger Erfüllungsgehilfe.« Schiller saß kopfschüttelnd in seinem Sessel.

»Wieso das denn?«, fragte Tine Mellerowicz.

»Sie brauchte für zwei Vorgänge einen Zeugen. Zum einen, dass sie bei Loretta war, und zum anderen, dass sie vergiftet worden ist.«

»Das mit dem Zeugen für Loretta verstehe ich, aber was meinst du damit, dass sie einen Zeugen brauchte, dass sie vergiftet worden war?«

»Nachdem wir von Loretta zurückgekommen sind, sagte sie mir, sie wolle am Abend nicht mit mir essen, sondern den Zimmerservice bestellen, weil sie das alles erst mal verdauen müsse. Am nächsten Morgen waren wir fest um neun zum Frühstück verabredet. Da ich nach Hause fahren wollte, wusste sie, dass ich, wenn sie nicht zum Frühstück kommt, auf jeden Fall nach ihr sehen würde. Oh verdammt, ich bin wie ein Idiot in ihre Falle getappt.«

»Quatsch, du bist doch kein Idiot«, sagte Tine.

»Doch, ich hätte es eher kapieren müssen. Sie wusste, was ich tun würde, wenn sie nicht käme. Ich bin runter zur Rezeption und habe gefragt, ob Frau Fowler bereits abgereist sei, was man verneinte. Ich bat den Mann an der Rezeption, sie anzurufen. Niemand meldete sich. Der Mann sagte, ich solle warten, vielleicht wäre sie im Bad. Aber ich hatte sie bereits vorher auf ihrem Handy mehrmals angerufen, sie hat sich nicht gemeldet. Also habe ich darum gebeten, dass jemand nachschauen sollte, ob bei ihr alles in Ordnung sei. Das hat der Mann rundheraus abgelehnt. Da habe ich einen Zwergenaufstand angezettelt. Die Frau sei schwerkrank, es ginge um Leben und Tod, Gefahr im Verzug, jede Minute zählt.«

»Das kann ich mir lebhaft vorstellen. Ich weiß ja, wie du so was machst.«

»Daraufhin haben sie den Zimmerservice nach oben geschickt. Ich bin wie der Blitz hinterher. Aber die Fowler war nicht in ihrem Zimmer. Der Zimmerkellner wollte schon wieder gehen, da habe ich die Tür zum Badezimmer aufgemacht. Du meine Güte!« Schiller legte bei der Erinnerung an das furchtbare Bild den Kopf in beide Hände.

Tine Mellerowicz stand auf und nahm ihn in den Arm. »Der Anblick muss schrecklich gewesen sein!«, sagte sie sanft und streichelte ihm den Rücken.

»Ich habe schon viele Tote gesehen, aber das war wirklich grauenhaft. Ich weiß, ich habe dir das schon ein paarmal erzählt. Aber dieses Bild, wie sie da lag, verkrümmt in ihren Exkrementen, die Handtücher schwammen in Erbrochenem, das Gesicht der Frau und die Finger waren total verkrampft, das lässt mich einfach nicht los.«

»Du meinst, sie hat sich deshalb mit dir zum Frühstück verabredet, weil sie sicher war, dass du in ihr Zimmer kommen würdest?«

»Das habe ich eben erst verstanden. Na klar. Die Frau war ja nicht mehr jung, sie war todkrank. Der Arzt, den man gerufen hat, hätte auch einen natürlichen Tod feststellen können. Vielleicht die Nachwirkungen einer Chemotherapie, was weiß ich. Sie hatte Lungenkrebs und überall Metastasen.«

»Jetzt verstehe ich. Sie brauchte jemanden, der einen Zusammenhang herstellen konnte zwischen ihrem Tod und dem Besuch bei Loretta«, sagte Tine.

»Ganz genau.«

»Und du hast dann das getan, was sie vermutet hat, was du tun würdest. Du hast den Arzt, der den Tod feststellte, darauf aufmerksam gemacht, dass die Frau mit Arsen vergiftet worden sein könnte und eine Anzeige gegen Loretta Jentsch bei der Polizei gemacht. Mission erfüllt.«

»Du sagst es. Wie ein braver Schulbub. Sie haben bei einer Obduktion Arsen in Barbara Fowlers Körper gefunden und bei einer Hausdurchsuchung bei Loretta Arsen auf dem Fußboden und auf dem Küchentisch. Weiß der Geier, woher die alte Frau das Arsen hatte.«

»Aber eins verstehe ich nicht. Was wollte sie denn mit der Waffe?«

Schiller dachte nach. »Gute Frage. Da habe ich ihr wohl einen Strich durch die Rechnung gemacht, als ich ihr die Munition aus dem Revolver genommen habe.«

»Vielleicht hat sie gehofft, dass Loretta ihr den Revolver abnimmt und sie damit erschießt.«

»Das wäre eine Möglichkeit. Falls das mit dem Arsen nicht geklappt hätte, hätte sie es provoziert, dass Loretta sie erschießt. Das wäre der einfachere Tod für sie gewesen.«

»Aber mal ehrlich, wenn sie dir das vorher alles gesagt hätte, hättest du den Auftrag abgelehnt?«

»Ja, natürlich, weil ich nicht den Tod eines Menschen in Kauf nehme, egal, wie alt und wie krank. Ja, ich hätte abgelehnt.«

»Sie hat dich also nur geschützt vor deinem eigenen Gewissen«, sagte Tine.

»Ja, und ich werde auch in einem erneuten Prozess gegen Loretta aussagen müssen.«

»Wirst du vor Gericht den Mitschnitt von Lorettas Geständnis vorlegen?«, fragte Tine.

»Bin ich des Wahnsinns, das ist strafbar, wie du weißt, mein Engel. Ich will ja nicht meine Zulassung verlieren. Außerdem ist es völlig egal, was die Frau gestanden hat. Den Mord an Claudia kann man ihr nicht nachweisen, das kann sie hundertmal widerrufen. Aber den Mord an Barbara Fowler kann man ihr nachweisen. Ich war sozusagen live dabei, und das Arsen unter dem Küchentisch spricht Bände. Die Frau wandert für den Rest ihres Lebens hinter Gitter.«

»Die dreißigtausend sind mithin ehrlich verdient«, sagte Tine, die auf der Armlehne seines Schreibtischstuhls saß.

»So gesehen hast du recht«, sagte Schiller und legte den Kopf in ihren Schoß.

»Die Fowler hat sich also gerächt, ohne selbst einen Mord zu begehen.«

»Abgesehen von ihrem Selbstmord. Aber ich glaube, sie hatte sowieso nicht mehr lange zu leben.«

Tine streichelte ihm den Kopf. »Cool, die Alte, finde ich.«

Henri P. Schiller lächelte. »Sehr cool. Rache on the rocks.«

Liebe Leserin, lieber Leser,

vielen Dank, dass Sie bis hierher dem Schicksal von Claudia und ihrer Mutter Babsi gefolgt sind. Für den Mord an Claudia gibt es ein Vorbild, das als der *Pistazieneisfall* in die Kriminalgeschichte eingegangen ist. Hier zum Nachlesen:

https://de.wikipedia.org/wiki/Pistazieneisfall

Ansonsten trägt die Geschichte durchaus autobiografische Züge, von der Klassenkameradin, die in der zwölften Klasse den Mathelehrer heiratete, bis zur vom Vater verstoßenen Cousine, die in der dreizehnten Klasse schwanger wurde. Es gab in meinem Leben sowohl den Job bei dpa als auch einen Freund mit einer Werft, ich bin in Steglitz und in Bad Cannstatt zur Schule gegangen und habe in der *Little Church of the West* in Las Vegas geheiratet.

Es hat mir Spaß gemacht, mich an die Lebensumstände der Siebziger- und Achtzigerjahre in West-Berlin zu erinnern: die Unter-unter-Vermietungen von Wohnungen, das Anstehen um Mitternacht am Zeitungsstand am Bahnhof Zoo oder die stundenlange Warterei an den innerdeutschen Grenzen. Es waren Zeiten, in denen man nur ein festinstalliertes Telefon mit einer ganz langen Schnur hatte, und wenn man etwas recherchieren wollte, musste man zum Beispiel bei *Kiepert* ein Buch dazu kaufen.

Die Moralvorstellungen der Eltern, für die die Jungfräulichkeit der Töchter ein höchst zu schützendes Gut gewesen ist, ähneln denen so mancher Migrantenfamilie von heute.

Natürlich ist zwölf Jahre für erste sexuelle Erfahrungen sehr jung, aber es hat schon immer frühreife Mädchen gegeben, ich entsinne mich da auch an eine Freundin.

In den Siebzigerjahren des letzten Jahrhunderts hatte es einen extremen Wandel der Moralvorstellungen gegeben. Das Zusammenleben mit einem Partner ohne Trauschein gehörte zur artgerechten Haltung.

Als die Achtundsechziger Eltern geworden waren, ermöglichten sie ihren Kindern, wenn schon nicht in den Genuss einer antiautoritären, so doch einer liberalen Erziehung zu kommen.

Für mich das Schwerste am Publizieren von Büchern ist das Finden eines Titels und eines geeigneten Covermotivs. Der Titel war einfach: *18 Grad unter null* ist die Temperatur eines Gefrierschranks, so eiskalt wie Babsis Rache. Auch das Covermotiv schien dieses Mal ganz einfach. Alles, was ich brauchte, war ein Becher mit Vanilleeis.

Ich bedanke mich hiermit ganz besonders bei meiner Coverdesignerin Catrin Sommer, die meinen unendlich scheinenden Änderungswünschen immer mit engelhafter Geduld nachkommt. Aber diesmal hat Catrin sich selbst übertroffen: Tausende Fotos von Eiscreme musste sie sich anschauen, dabei lief ihr ständig das Wasser im Mund zusammen, sie ist nun mal eine Süße.

Nach tagelangem Suchen dann der Hilferuf: »Ich sabbere hier ständig vor mich hin, aber das, was du suchst, gibt es einfach nicht.« Und nun? »Foto selber machen«, sagte Catrin. Und hier kommt meine liebe Kollegin Hannah Kaiser ins Spiel. Das ist die mit den zauberhaften Liebesromanen, auf deren Cover immer tolle Schuhe zu sehen sind. Hannah hat sich spontan bereit erklärt, mir zu helfen. Statt High Heels hat sie diesmal einen Eisbecher mit kleckernder Kirschsauce fotografiert. Hannah, du bist die Größte, danke, danke, danke.

Das war mal wieder so ein Moment, in dem ich sehr dankbar dafür bin, dass es mich zu den Selfpublishern verschlagen hat. Ich durfte in den vergangenen acht Jahren die besten Kollegen der Welt kennenlernen und kann mich auf ein Netz von Profis verlassen. Da sind neben der Coverdesignerin Catrin Sommer meine über alles geschätzte Lektorin Regine Weisbrod und meine allerliebste Korrekturleserin Corinna Rindlisbacher, die meine Manuskripte auch in die entsprechende Form bringt.

Mädels, ich liebe euch alle!

Wenn Ihnen der Roman gefallen hat, freue ich mich auf eine Rezension bei Amazon. Wenn nicht, würde ich mich freuen, wenn Sie mir in einer Mail an

info@nikalubitsch.de

den Grund dafür mitteilen. Nur so kann ich besser werden.

Wenn Sie mehr über mich erfahren wollen, dann treffen Sie mich hier:

www.facebook.com/NikaLubitsch

Und wenn Sie auf keinen Fall wieder eine Neuerscheinung oder einen Deal verpassen wollen, dann würde ich mich freuen, wenn Sie sich auf meiner Website

www.nikalubitsch.de

zu meinem Newsletter anmelden. Zur Anmeldung direkt geht es hier:

http://nikalubitsch.de/newsletteranmeldung/

Für jede Newsletteranmeldung gibt es ein Nika-Lubitsch-eBook Ihrer Wahl umsonst.

Ich freue mich auf ein baldiges Wiederlesen!
Herzlichst
Ihre *Nika Lubitsch*

Salim Güler

Schuld

Die Morde an Laura Schneider und ihrer sechsjährigen Tochter erschüttern die Ermittler Brandt und Aydin von der Kölner Kriminalpolizei. Hat die Tat mit dem Millionenerbe der Tochter zu tun? Schnell geraten zwei Angehörige in den Fokus der Ermittlungen. Doch beide haben ein Alibi. Als plötzlich Verstrickungen mit dem Geldeintreiber eines bekannten Clans erkennbar werden, droht das BKA, Brandt und Aydin von dem Fall abzuziehen, obwohl sie vor der Aufklärung des Verbrechens stehen.

Taschenbuch, 320 Seiten, € 11,90 [D]
ISBN 978-3-96357-135-0

Marcus Hünnebeck

Kein letzter Blick

Die siebzehnjährige Larissa verlässt Ihren Vater in Hamburg, um zur geschiedenen Mutter in Köln zurückkehren. Monate später bereut die inzwischen Volljährige ihr Verhalten, denn der Vater ist seit jenem Tag spurlos verschwunden. Verzweifelt engagiert sie den Personenfahnder Till Buchinger. Als der jedoch Larissas Vertrauen verspielt, sucht sie ihren Vater in Hamburg auf eigene Faust und gerät dabei in große Gefahr.

Taschenbuch, 280 Seiten, € 11,90 [D]
ISBN 978-3-96357-147-3

Nika Lubitsch

15 Jahre

Als Andreas nach fünfzehn Jahren glücklicher Ehe spurlos verschwindet, erkennt Nicole, dass sie ihren Mann gar nicht richtig kannte. Bei der Suche nach Andreas entdeckt sie Geheimnisse, die besser im Verborgenen geblieben wären. Dabei stolpert sie in Abgründe, die sie sich in ihren schlimmsten Albträumen nicht hätte vorstellen können. Bis eines Tages die Polizei vor ihrer Tür steht und sie um eine DNA-Probe bittet.

Taschenbuch, 240 Seiten, € 10,99 [D]
ISBN 978-3-96357-184-8

Nika Lubitsch

15 Jahre

Als Andreas nach fünfzehn Jahren glücklicher Ehe spurlos verschwindet, erkennt Nicole, dass sie ihren Mann gar nicht richtig kannte. Bei der Suche nach Andreas entdeckt sie Geheimnisse, die besser im Verborgenen geblieben wären. Dabei stolpert sie in Abgründe, die sie sich in ihren schlimmsten Albträumen nicht hätte vorstellen können. Bis eines Tages die Polizei vor ihrer Tür steht und sie um eine DNA-Probe bittet.

Taschenbuch, 240 Seiten, € 10,99 [D]
ISBN 978-3-96357-184-8